Svampsoppa och vit magi

Mia Möller

© 2024 Mia Möller

Förlag: BoD • Books on Demand, Stockholm, Sverige

Tryck: Libri Plureos GmbH, Hamburg, Tyskland

ISBN: 978-91-8057-814-1

Sättning och omslag: Dennis Klarin Design

1

Jenny Sjöö var född i en konstnärsfamilj. Det kunde tyckas ganska kaotiskt, men Jenny fann sig snabbt tillrätta på nedre våningen i familjens trevåningshus.

Hennes pappa Thorwald Sjöö var författare, skrev både böcker och drama till Dramatens stora scen. Han var en man med visioner och stora drömmar. Befann sig den långe kraftfulle mannen i hemmet satt han, eller vandrade fram och tillbaka, på andra våningen i deras trevåningshus med utsikt över Mälaren på Ekerö. Sällan själsligt närvarande då han alltid hade nya berättelser till böcker eller pjäser i huvudet.

Veronika Sjöö, Jennys mamma, var en internationellt känd konstnär. Hon var ofta på resande fot. Paris, London och New York var hennes hemmaplan för att sälja den fantastiskt uppskattade konst som mest bestod av fyrkanter, darriga streck och konturerna av nakna kroppar. Den långa smala kvinnan med blåsvart hår klippt som en fyrkant, vistades och målade dessa tavlor på översta våningen, där ljuset föll in från de stora takfönstren i deras arkitektritade villa.

Jenny höll alltså till med sin fria uppfostran – som innebar fri, utan ordet fostran – på bottenvåningen, där hon kunde komma och gå precis som hon behagade. Hon fick tidigt lära sig att klara sig själv utan sina självupptagna föräldrar. Hon fick ett eget kontokort och skötte alla sina egna inköp av kläder och andra förnödenheter – till exempel sin egen mat som mest bestod av smörgåsar, yoghurt och frukt.

Ofta var hon dock med sin pappa på teatern, och det var åtskilliga timmar som hon spenderade där. Jenny älskade att ligga på ljussättningens plattform ovanför scenen och se på dramatiken nedanför. Där funderade hon över hur olika karaktärerna var, varför de sa som de gjorde. Hur de levde och vad de gjorde, varför de rörde sig som de gjorde.

Hon blev väldigt bra på att se hur olika människor var och betedde sig, vilket ledde till att när hon flyttade hemifrån – vilket hennes föräldrar knappt märkte – flyttade hon in i en studentkorridor och läste till psykolog.

Hon jobbade inom landstinget först, men enligt Jenny hade de konstiga principer så hon öppnade eget i den lilla orten Aspnäset, etthundrasjuttiotre kilometer söder om Ekerö, lagom nära föräldrarnas villa ifall de fick för sig att hälsa på, vilket bara hände ett fåtal gånger under årens lopp.

Cilla Brink däremot var strängt fostrad från första stund. Hennes mor var djupt religiös, nästan åt det överdrivna hållet, och helt oersättlig i den frikyrkoförsamling som hon tillhörde. I alla fall enligt henne själv.

Asta Brink tvingade sin make Axel, som egentligen var revisor och bara ville räkna pengar, att bli predikant. Vilket han kom att tycka var ganska trevligt. Folk inte bara såg honom, de såg upp till honom. De till och med lyssnade på honom, vilket han inte var van vid hemifrån.

Han fick liksom stå i rampljuset då han klev upp där i pulpeten och såg ner på församlingens förväntansfulla åhörare – något som han tyckte var väldigt behagligt, kanske på grund av att han bara var 165 centimeter i strumplästen medan Asta var decimetern längre.

Cillas kyrkliga bana började med söndagsskola för barn mellan tre och fem år. Sedan var det gruppen från fem till åtta år, och då började även bibelskolan som var varje onsdag. Från nio år var bibelskolan både onsdag och lördag, och så förstås efter gudstjänsten på söndagarna. De tillbringade mer tid i kyrkans lokaler än i den trerumslägenhet på andra våningen som de kallade hemma, och som låg i Aspnäset där både Asta och Axel var uppväxta.

Cilla hade kunnat bli nunna, hon kunde sin bibel både framlänges och baklänges. Men nu valde hon den barmhärtiga samaritens bana och blev sjuksköterska. Först på äldreboendet där Asta hade tänkt sluta sina dagar, vilket gjorde att Cilla i stället sökte sig till landstinget där hon fortfarande arbetar på vårdcentralen. De gånger då Asta behövde besöka den – vilket, kanske genom Guds försyn, inte var ofta – inventerade Cilla källarförrådet. Så förargligt ...

Gert Gustafsson var son till kommunens högste tjänsteman, alltså till kommunchefen. Han var uppväxt här i Aspnäset, hade aldrig sett något annat och hade halkat runt på räkmackan som den bortskämde, ja bortklemade, avkomman – utan att någonsin vare sig behöva ta ansvar eller lyfta ett finger. Kommunchefen hade att göra ändå, utan att behöva se efter sin son, om det nu var hans ... Men det bedyrade hans fru så intensivt att hon blev nervklen på kuppen.

Att Gert över huvud taget blev gift berodde på att hans fru hade druckit alldeles för många öl den kvällen, och att hon blev gravid. De mindes bara svagt att de faktiskt hade hånglat i en skogsdunge bredvid festplatsen, men ingen kunde påminna sig att de kommit så långt att hon skulle kunna ha blivit gravid. Nej, det kom de inte ihåg.

Att Cilla Brink över huvud taget hade druckit öl denna ödesdigra fredagskväll i juni var lika överraskande för henne själv som för alla andra. Cilla var i vanliga fall en lydig, plikttrogen ung kvinna som nyss fyllt arton år.

Den här första kvällen på sommarlovet, mellan vårdlinjens avslut och sjuksköterskeutbildningen som skulle börja i september, hade hon – trots många tillsägelser från sin stränga mor – gett sig ut i sommarkvällens svala bris och satt sig att lyssna på musiken en bit från festplatsen.

Dunket från basen, skratten och skriken från ungdomarnas glädje och glam både lockade och skrämde henne. Cilla kände sig ung, fri och nyfiken. Hennes examensklänning gick i ljusgula toner och koftan, som Asta förstås stickat, i mörkare gult. Hennes långa ljusa hår var som vanligt uppsatt i en hästsvans.

Hon drogs till musiken, och snart befann hon sig utanför entrén med en ölburk i handen som någon förbipasserande gett henne då öl inte fick medtagas in i parken. Hon gömde den under sin kofta och gick tillbaka mot dungen hon kommit ifrån.

Hon luktade på den kalla drycken. Det luktade surt bröd, men visst borde det vara gott då alla de andra verkade vara så glada i den? Hon smakade en liten klunk. Lite surt och beskt var det allt, men uppfriskande i värmen. Hon drack några djupa klunkar till. Det pirrade i kroppen av olydnad. Hon fnissade till.

"Hallå där", sa någon bakom henne och hon vände sig om. Där stod några flickor ur hennes klass. De hade alla ölburkar i sina händer och fnittrande, förvånade att se henne här. "Är kyrkan stängd", sa de och skrattade och slog sina burkar mot Cillas då de visste hur hon hade det hemma.

De lade armen om henne och drack, Cilla drack och fick en ny burk. Sedan minns hon bara fnitter och prat om söta pojkar, helst de som redan hade slutat på yrkeslinjen, de var vuxna och så manliga. De var helt vanliga flickor som trånade efter de lite äldre pojkarna.

Hon vaknade dagen efter med huvudvärk och ett sköte som sved och ömmade och förstod inte riktigt vad det kom sig av. De hade ju bara hånglat, hon och Gert … eller? Han hade hållit i henne när hon kräktes, sedan hade de kramats och druckit mer öl, väl …? Han var en av de äldre som flickorna talat om. Inte så snygg, men äldre.

Det tog inte lång tid förrän Asta förstod hur det var fatt med dottern, tvingade henne till läkaren och dessutom fick ur henne vad den skyldige pojken hette. Gert Gustafsson.

Borde inte en sån veta bättre? Han var ju ingen ungdom egentligen. Det blev ett besök hos kommunpampen Sievert och hans hustru Birgit, där Asta– medan Axel vred sina händer – krävde att de unga tu skulle vigas. Asta såg inte bara syndens elände utan även ett bra gifte, ett kliv upp på samhällets stege, med att få kommunchefens son till svärson. Det kunde vara bra för kyrkan. Halleluja.

Trots att man inte förstår finheten i det, Aspnäset var absolut inget ställe som utmärkte sig. Vare sig på kartan eller genom kända personer.

När ärendet framförts fick Gerts mamma Birgit gå och lägga sig, hon var som sagt nervklen och orkade inte med sådana här starka sinnesrörelser som det alltid var då det gällde hennes son. Det var inte första klagomålet som kommit till hennes kännedom även om hon aldrig trodde på dem, folk var bara så avundsjuka. De sa att hennes Gert hade ett otrevligt ölsinne. Phö.

Sievert var dock inte kommunchef för inte, en handlingens man var vad han var. Så tre veckor efter upptäckten av den oönskade graviditeten var de unga tu gifta och satta i en liten trerummare kvarteret bortanför de blivande morföräldrarna. Att ha dem här i Fräkna, i det fina område där kommunchefen bodde, var inte ett val, det var en omöjlighet. Ett tvångsgifte på gräddhyllan passade sig inte.

Tyvärr fick inte Sivert själv uppleva vare sig bröllop eller inflyttning i den lilla lägenheten då han veckan efter besöket av de nya släktingarna fick en kraftig stroke som både tog talet och gjorde honom förlamad. Birgit blev vansinnig. Göra så mot henne? Först ta hennes son och sedan lägga sig sådär ... som en grönsak!? Vad menade karln?!

Gert, som aldrig gjort ett vettigt handtag i hela sitt liv, började – som hans far tursamt nog hade hunnit ordna med – arbeta på kommunens kartritningskontor. Där han ritade kartor. Vilket han tyckte mycket om. Och det passade honom. Han visade sig ha en fallenhet för det stillsamma praktiska arbetet. Han var noga med det han fick order om att göra, egna initiativ låg inte riktigt för honom.

Troligtvis var det hans räddning då hans ungdomstid faktiskt gått över, han var ju tjugosex år!

Tiden med femton öl varje fredag, skroderande, gapande och svärande utanför festplatsen då han var för full att komma in, var förbi. Kanske inte enligt hans sätt att se, men för övriga innevånare i Aspnäset. Han hade om sanningen ska fram inget vidare läshuvud, han hade klarat gymnasiet med en hårsmån. Att studera vidare fanns inte på kartan.

2

Morgonen efter bröllopet fick Cilla missfall. Nog var det riktigt tarvligt av Gud, för skilsmässa fanns inte heller på kartan. En omöjlighet. Så nu fick Cilla, och Gert med förstås, hålla fast vid sina löften som de avgett inför Gud och denna församling.

Det var bara tre personer som församlingen bestod av den dagen då vigseln ägde rum. Asta, den starkt troende modern, den hunsade lille kraken Axel samt den nervklena Birgit som ansåg sig vara döende sedan den här dagen. Ännu närmare döden än tidigare.

Sievert låg på geriatrikens neurologiska avdelning. Kanske var det detta som störde Birgit mest, att han nu var sjukare än hon. Det var ju hon som var sjuk och behövde tas om hand. Var det ingen som brydde sig om henne?

Han kom att ligga där i över fem år, vilket grämde både Birgit och Gert då de kände sig tvingade att hälsa på varenda eviga söndag. Det var en stor lättnad den dagen han dog. Vilket han gott kunde ha haft den goda smaken att göra direkt, de fem åren var absolut bara till besvär.

Samma dag som Cilla kom hem från sjukhuset efter sitt missfall flyttade Gert in i det som skulle ha blivit barnkammaren. Med anledning av att hon säkert var trött och behövde vila, och eftersom hans snarkningar säkert skulle störa henne så … ja.

Hon var bara lättad. Att få ett barn nu, och med Gert, var verkligen inget hon ville. Hon kunde nu fortsätta att studera och det var bra att få göra det ifred. Hon kunde gå in för studierna utan att tänka på att vara den goda hustrun mer än under familjemiddagarna som Asta envisades med att anordna vid påsk, midsommar och jul. De få timmarna kunde hon stå ut, pappakraken var ju ganska trevlig. Han hade i alla fall vett att vara tyst.

Asta däremot pratade desto mer. Om kyrkan, och hur duktig hon var, hur stor betydelse hon själv hade i arbetet med den kyrkliga syföreningen. Om sitt arbete som kyrkvärd och vad det innebar med kaffekokning och bakning av mandelmusslor, schackrutor, strassbröd, kolasnittar, rulltårta, sockerkaka, struvor samt vetebröd. Tala inte om vilket jobb det var med vetebrödet!

Cilla borde väl kunna ha den goda tonen att hjälpa sin ömma moder med bakningen någon gång. Men nej, hon hade väl för mycket omkring sig med studier och sedan arbetet på sjukhuset, där hon valde att arbeta hellre än att ta hand om sina gamla föräldrar.

"Och sin svärmor", försökte Gert smyga in men det var det ingen som lyssnade på.

Var kom då Birgits klena nerver från? Hon var väldigt sjuklig med både skoskav, mjälthugg, täta luftrör och Gud vet vad hon råkade ha för svår sjukdom för dagen. Ingen tog henne på allvar, men hon var ändå på vårdcentralen så gott som varje vecka. Det var den utflykt hon unnande sig för att få komma ut lite.

Det hade ju kunnat tolkas fel om hon åkt till varuhuset eller till någon annan av Aspnäsets butiker, hon som kom från den stora staden. Att hon hamnat här, i betydelselösa Aspnäset, var även det Sieverts fel. Varför skulle han, den långe stilige, kraftfulle mannen, charma just henne? Nu blev han ju visserligen kommunchef här, men varför blev han inte det i någon bättre kommun? Och nu var det alltså försent, men allt.

Antingen var det magen eller hjärtat, eller kanske hade hon urinvägsinfektion, igen. Hon var mycket förtjust i små piller. Var det någon gång Birgit blev riktigt arg, riktigt jävla förbannad, så var det när hon nekades ett nytt recept. Jävla läkare att inte förstå!

Så hade Sievert mage att få en stroke? Hur kunde han göra så mot henne? Gå och bli sjukare än hon. Få eget rum på avdelningen … precis efter att han gift bort hennes son? Till en jänta som läste till sjuksköterska, men som sedan gömde sig när hennes sjuka svärmor kom till vårdcentralen. Det kunde inte bli värre. Ingen kunde ha det så fruktansvärt hemskt som hon.

Skulle det vara mest synd om Sivert? Han visste väl inte ens om att han var sjuk? Det visste minsann hon! Birgit, med alla sina krämpor och en man som låg som en grönsak. Och sonen! Det var ju en skam! Gick och gjorde *den där* jäntan med barn!? En avkomma efter det där frireligiösa … packet! Hur kunde de göra så mot henne?

Sievert sa att han var tvungen att gifta sig med henne. Stå för vad han gjort. Flytta ifrån henne, från sin mamma!? Och sedan lägger sig Sievert så där? Helt orörlig, utan ett ord till hennes tröst … Ja, då kunde hon minsann lika gärna fått dö, vad var det för straff hon var tvungen att genomlida?

Att mista sin, i Birgits ögon, vackre son var ett fruktansvärt hårt slag. Hur skulle hon överleva det? Utan Gert var ju livet knappt värt att leva. Hela veckan levde hon för att han skulle komma hem på fredagen. Det var något som hon faktiskt tjatat till sig. Det var väl det minsta han kunde göra för henne, att ge henne en liten smula av sin egen avkomma. Han träffade ju sin fru, som han inte ens älskade, hela veckan.

Enda glädjen i det hela var ju att det inget barn blev. Det hade troligtvis tagit knäcken på henne om Gert skulle ha fått ett barn, som han kanske skulle ha älskat mer än sin egen mamma. Det var för väl att det gick som det gick.

Strax efter blev det ännu en lättnad i deras liv, synd att säga, genom att Cillas mamma Asta lämnade jordelivet endast sextio år gammal. Det var inte bara Cilla som drog en lättnadens suck. Den hunsade maken Axel lämnade ett brev i stället för att själv närvara på sin salig hustrus begravning.

Där stod att han nu ämnade leva alla sina återstående dagar – till viss del på medel ur församlingens kassa – vilket han ansåg vara lön för alla timmar han tvingats tillbringa där oavlönad – någonstans söder om ekvatorn. Exakt var framgick inte av brevet.

Detta grämde Cilla enormt då han nu, om inte förr, hade kunnat hjälpa sin dotter ur detta äktenskap. De hade nu varit gifta i sex år och det blev varken bättre eller sämre. Det var en tristess utan dess like. Samma sak varje dag. Vecka ut och vecka in. Gert led absolut inte av det, men det gjorde Cilla. Hon tog till och med extrapass på sjukhuset för att slippa vara hemma om kvällarna.

Hon var visserligen lättad när hennes mor gick ur tiden. Då slapp hon låtsas inför henne att hon var ganska lyckligt gift. För det ska man vara då man gett ett löfte inför Gud och denna församling. Men Cilla mådde inte bra. Det gjorde hon inte. Hon tyckte allt var tråkigt och ledsamt.

Arbetet som sjuksköterska tyckte hon mycket om. Men livet som ensamstående fast gift, och boende med en man som hon tyckte mer och mer illa om, tog på livslusten. Det gjorde det. Hon hade väl blivit hemmablind, för hon kom sig inte för att gå ifrån honom heller. Ja, naturligtvis inte innan modern dött. Men efter det hade hon väl kunnat, men hon kom sig liksom inte för …

Hon var i alla fall väldigt tacksam över att Gert har att göra på helgerna. I början var det varje helg hos mamman, men numera åkte han till sommarstugan varannan helg till Birgits stora förtret.

I gengäld besökte han henne varje onsdag också. Birgit bodde ensam i det stora, enormt stora huset i det finaste området i Aspnäset, Fräkna. I folkmun kallades det för Guldhyllan. Det låg högt med utsikt över sjön Aspen. Väldigt vackert om man inte blivit hemmablind, vilket många blir.

Cilla hittade annonsen om sommarstugan, det lilla torpet, i tidningen. Hon övertalade Gert att köpa det.

"Det vore skönt för dig att komma ut i naturen lite", sa hon.

"Vore det?" svarade han, och så köpte de stugan.

Så Gert åkte till stugan den helgen då han inte åkte till Birgit. Birgit var sur på Cilla för det också, men hon kunde inte bli surare på henne än hon redan var, så för Cilla spelade det absolut ingen som helst roll i det stora hela. De hade ingen relation, svärmodern och svärdottern. Eller, det skulle vara att de svor över varandras varande i så fall.

Cilla åkte förstås själv till stugan den helgen då inte Gert åkte dit. Med en kopp kaffe på trappan om våren då syrendoften spred sig från häcken som brett ut sig över alla breddar. På sommaren då hon vandrade runt i skogen och plockade blåbär, om hösten då hon plockade svamp och lingon. Om vintern då hon låg på sängen med en bok och eldade i kaminen, då vedens sprakande och råbockens skall var de enda ljuden som hördes. Platsen var ett nödvändigt andningshål för Cilla.

Stugan hade två små rum och ett ännu mindre kök. I köket fanns det nödvändigaste, en kyl med frysfack. En diskho och en bänkspis. Ett köksbord och två stolar. Vatten fanns i en brunn på gården och utedasset låg vid skogskanten. Till stugan gick en smal väg som man inte skulle tro att den leder någonstans, men den kom fram till gårdsplanen och det var vackert, pittoreskt, där vid skogen.

Cillas nedstämdhet blev så påtagligt att arbetskamraterna började bli oroliga för henne. De skickade henne till en psykolog som kanske kunde tala om för henne vad hon skulle göra, hur hon skulle lösa sina problem.

Eftersom hon arbetade på vårdcentralen gick hon till en privat, ute på stan. Aspnäset är ingen stad, men för enkelhetens skull kallas den det. En kvinnlig psykolog förstås, för hon skulle inte kunna prata om sin man, sitt äktenskap, med en man.

Cilla hade aldrig funderat över varför hon inte hade någon sexuell lust till sin man. Inte till någon annan man heller, för den delen. Inte förrän hon satte sig i soffan hos psykologen.

"Hej och välkommen, jag heter Jenny Sjöö."

Hennes leende var det vackraste Cilla någonsin sett. Det kändes som att kroppen smälte, som att hon skulle smälta ihop och kana ur soffan, där hon satt och höll sig krampaktigt i armstödet.

Jenny reste sig och hällde upp ett glas vatten som hon gav henne, hon såg henne rakt i ögonen. De brunaste, de djupaste Cilla någonsin sett. De såg henne. Såg hennes själ. De såg in i hennes hemligaste lilla skrymsle, in i hennes hjärna, hennes hjärta, in i hennes blodomlopp.

När Jenny satte sig bredvid henne på soffan och tog hennes hand försvann allt annat omkring Cilla. Hon böjde sig fram och kysste Jenny. Deras första timme tillsammans blev inget mer sagt än just de orden: *Hej och välkommen, jag heter Jenny ...*

3

Cilla kom bara till mottagningen för en sittning. Eller sittning? Snarare *liggning*, om det finns något som heter så. Efter detta första möte träffades de hemma hos Jenny. Hon bodde i en numera nyrenoverad vindsvåning med utsikt mot Stadsparken.

Jenny hade bott här sedan hon flyttade från studentkorridoren, men först för ett år sedan hade den blivit renoverad. Hon älskade den öppna planlösningen med ett stort rum och ett hypermodernt kök. Sovrum med badrum i vinkel inrett i ljust grått.

Cilla älskade den också. Hennes och Gerts lägenhet var en omodern trea på andra våningen i ett helt vanligt hyreshus från miljonprogrammet. Så tråkig, och fortfarande med ärvda möbler eftersom varken Cilla eller Gert brydde sig om sitt gemensamma hem.

När Cilla en tid, så länge som två år faktiskt, varit tillsammans med Jenny, bestämde de sig för att det fick vara nog med detta skådespeleri. Det var mer och mer som en av de pjäser Jenny berättade om för Cilla, som hon sett liggande ovanför scenen. Där dramatiker levde ut sina demoner, där skådespelarna hatade och älskade med stor passion. Skrattade och grät tröstlöst. En värld som Cilla aldrig upplevt. Ett julspel i kyrkan var inte jämförbart, förstod hon.

Hon och Gert hyste inte något agg mot varandra, då de knappt umgicks över huvud taget. På vardagarna hade sporten på teven redan börjat innan han kom hem från arbetet. Han tog av sig kavaj och byxor och satte sig i soffan med en öl och såg på fotboll, iklädd endast skjorta och kalsonger.

Till att börja med hade Cilla burit in en bricka med kvällsmat till honom. Den var av lättare slag, te och smörgåsar eller en enkel soppa. Eftersom båda två hade ätit middag på dagen tyckte Gert att det räckte så, eller hans mamma var det nog som tyckte det. Och Gert höll med, som alltid.

Efter något år slutade hon med det, ville han äta fick han väl ta sig något. Det fick räcka med att ordna matlådor till veckorna.

Cilla stängde in sig på sitt rum och läste böcker. Där fick hon vara ifred och kunde försvinna bort i äventyren som böckerna tog med henne på. Efter en tid började hon gå kurser för att slippa gå hem. Spanskakurs, en bokcirkel, eller så tog hon extrapass på sjukhuset på kvällstid bara för att slippa vara hemma.

Nu var hon färdig med alla kurser och kvällsjobb, men så tacksam att hon hade det att skylla på. Efter jobbet cyklade hon på sin röda cykel direkt hem till Jenny.

4

När Cilla bestämt sig för att skiljas från Gert och leva med Jenny sitter hon vid köksbordet och väntar på honom en söndagskväll då han kommer hem från sin mor. Han blir stående i köksdörren och ser på henne. Hans blick flackar upp och ner och den nervösa nerven börjar att rycka i överläppen, som den alltid gör då han inte riktigt har kontroll på läget.

"Jag vill skiljas."

Cilla sitter blickstilla med händerna knäppta framför sig på bordet. De ser på varandra i trettio sekunder. Världen stannar upp, det går i slow motion.

"Nej, det vill du inte", säger Gert till sist.

"Jo, det vill j…"

Cilla hinner inte svara innan han vänder sig om och går ut från lägenheten igen. Han har bara varit hemma i fyrtioåtta sekunder. Cilla reser sig inte upp utan hör bara tumultet i trappan. Hon hör hur någon ramlar och skriker, och dörrar som öppnas och slår igen.

Hon hör en kvinna ropa till någon att ringa efter ambulans. *Gode Gud, låt honom dö* … Hon suckar, reser sig upp, går och tittar ner från sin dörr som Gert inte stängde efter sig då han trillade … kastade sig? … ner för trappan.

Kvinnan som bett någon ringa efter ambulans kommer uppspringande samtidigt som en man ropar från nedre våningen att ambulansen är på väg.

Hon hör jämmer längst nerifrån, och kvinnan kommer fram och håller om henne. Det är så mycket som händer på samma gång att Cilla har svårt att hänga med. Det är fortfarande som om allt går sakta men ljuden är gälla så det skär i öronen på henne. Hon borde bli arg över hans överdrivet dramatiska reaktion. Som värsta barnungen som inte får godis på en onsdag.

Hon tiger och biter ihop käkarna för att inte skrika, för att ställa till en värre scen än detta ligger inte för henne.

"Såja, det kommer att bli bra. Han har nog bara brutit ett ben, kanske några revben med. Det ordnar sig. Det var nog halt i trappan."

Grannfrun håller armen om Cilla, som för att trösta, som om Cilla skulle vara förtvivlad.

Hon kan ju inte gärna säga att han gjorde detta med flit, för att hon ville skiljas. Att han gick ut i trapphuset, blundade med flit och lät tyngdkraften dra honom nerför trappan. Slog en kullerbytta i kurvan och hasade på rygg sista biten ner. För så dum i huvudet kan hon inte låta grannen veta att hennes man är. Då skulle hon skämmas ihjäl. Man gifter sig helt enkelt inte med en sådan idiot.

Ambulansen kommer och Cilla känner sig tvingad att åka med. Grannfrun tar det för givet och har hämtat hennes handväska och en kofta som hängde i hallen. Den bruna som hon inte ens tycker om för att hennes svärmor har gett den till henne. En av Birgits gamla avlagda, och det luktar gammal elak kärring om den.

Hon sitter kvar i väntrummet, vägrar sitta vid hans sida och lyssna på hans dravel om hur svårt det är för honom. Vägrar att låtsas tycka synd om, för det gör hon verkligen inte. Inte Cilla, men kanske sjuksköterskan i henne. Hon biter sig i läppen, biter ihop käkarna. Sjuksköterskan ska inte vinna över Cilla. I flera timmar kämpar hon med sina inre demoner medan Gert blir omplåstrad och gipsad, eller vad de nu gör med honom.

Sitta hos honom, han med sina missunnsamma ögon. Få det att verka som det är hon som är felet, att allt som de inte har är hennes fel. Hon inser vad han gör, hur han kommer att göra varje gång som hon tar upp att hon vill skiljas.

Den lille imbecille mannen, den patetiska lilla råttan, kommer att förstöra hennes liv. Han kommer att skämma ut henne så till den grad att hon inte kan jobba kvar på sjukhuset. Att hon måste flytta härifrån … fly som en skrämd hind med vargen efter sig. Är det vad hon vill? Tvingas till skyddad identitet. Hon vet inte, hon vet ingenting. Mer än att hon älskar Jenny över allt annat i världen.

Han har brutit tre revben. Det är det enda. Och stukat foten. Det kommer att läka av sig självt om han bara håller sig i stillhet någon vecka eller två. Läkaren frågar om hon kan ta ledigt några dagar.

Ledigt? I stillhet? Ska han vara hemma och jag ska ta hand om honom? Nääää ...

Kallsvetten börjar rinna efter hennes tinningar och hon får nästan skakningar i hela kroppen. Ångest kallas det, men det känns mycket värre då man knappt får någon luft, synen blir som små tunnlar att se igenom, hörseln förstärks och allt låter mycket högre. Någon som pratar låter som den skriker, och så vidare.

"Jag måste jobba, jag kan inte vara hemma."

Läkaren rycker till av hennes falsett, ser på henne. Han lägger pannan i veck och lägger huvudet på sned.

"Men, du är ju sjuksköterska? Du borde ju kunna ..."

Han hinner inte prata färdigt. Cilla avbryter honom.

"Just därför! Det finns så många andra som behöver hjälp. Han borde få det bättre på ett konvalescenthem." Hon nickar ivrigt. "Ett som ligger vackert, i Norrland."

Läkaren ser på henne. Hon ser på honom, ser på sina händer för att sedan se på honom igen. Hon försöker le, men hon kan inte.

"Jaha, jag förstår. Jag ska se vad jag kan göra", säger han och går iväg.

Cilla kan knappt andas. *I Norrland?*

Inte finns det konvalescenthem för brutna revben. Tyvärr, men Cilla hade väl inte behövt bekymra sig för det. Han är inte värre skadad än att han kan köra bilen hem till sin mamma. Det är ju dit han åker då han blir sjuk. Där får han säkert nyponsoppa och klapp på pannan. *Lille bubben då.* Han är hemma redan på torsdagen.

Utan ett ord kommer han hem och sätter på teven, klär av sig i skjorta och kalsonger som om ingenting har hänt. Som tur är har Cilla den numera påstådda spanskakursen ikväll. Hon lämnar lägenheten utan ett ord.

5

Gert Gustafsson är den enda patienten Jenny har som lägger sig ner på soffan. Raklång på rygg ligger han med kudden under huvudet och fötterna på det grå lockiga fårskinnet. Han tar inte ens av sig skorna, utan de bruna välputsade knytskorna av märket Ecco ligger med tårna rakt upp bredvid varandra på fårskinnet, som hon faktiskt är ganska rädd om. Hon har köpt det på Gotland. Hon känner sig lite störd av hans beteende.

Hon sätter sig i fåtöljen där hon alltid sitter när patienten *sätter* sig i soffan och tar till sig kudden. Ja, den han har under huvudet nu. Det vanliga är att de antingen lägger den i knät eller lägger den tätt intill sig, som något slags skydd.

Hon tycker det är roligt att betrakta dem när de gör detta. Hon brukar undra hur de tänker, att kudden ska skydda dem. Mot vem? Mot vad? Men det är väl därför de har gått till en psykolog, för att de är rädda för någonting.

Det är intressant var de sätter sig i soffan också. Vid kanten med kudden bredvid, då är det ofta en otrygg individ som vill sitta i ett hörn utan att bli sedd. Sätter de sig mitt i soffan tyder det på ägandeskap. *Jag äger denna soffa, sätt er inte här.* Det är oftast, eller alltid, män som sätter sig så, med benen isär.

Sätter de sig inte vid armstödet och inte heller mitt i, utan lite mitt emellan, är individen ofta rädd för att störa. Vill inte bli så sedd men heller inte bortglömd. Lite lagom. De flesta patienter är lite lagom. Men Gert Gustafsson lägger sig alltså ner.

Gert började hos psykologen Jenny Sjöö ungefär ett halvår efter att Cilla och han gift sig. Och ett halvår efter att han blev anställd på kommunens kartritningskontor. Inte för att han behövde gå till en psykolog enligt honom själv, utan för att kommunen hade en policy att ge sina anställda en friskvårdspeng. Träning på gym låg inte för Gert, så att gå och lägga sig på en soffa en timma på betalt arbetstid var mycket mer behagligt.

Han pratade inte mycket i början. Inte hon heller, hon frågade vad klienten ville ha hjälp med och de brukade berätta. Det brukade bli bäst så. Han talade mest om alldagliga saker, men då Jenny frågade något om hans tankar eller känslor blundade han och slöt sig som en mussla.

Hon lät honom hållas. Han var komplex och behövde nog få den tiden som han tog sig. De var nu inne på sjätte året av sina sittningar. Han var ett intressant fall. Att det fanns en riktig person som var så … fast i sig själv! Visst har hon mött alla de slag i sitt arbete. Psykopater, sociopater … men ingen så komplex som Gert var, så svår att diagnostisera. Multidiagnoser är alltid komplicerade.

Det tog ett tag innan Jenny förstod att Cilla var Gert Gustafssons fru. Han hade ju gått hos henne i flera år, och de hade inte heller samma efternamn. Han kallade henne för "frun" om han någon gång nämnde henne.

Hon kunde inte tro att det som Gert, för ovanlighetens skull, berättade om sin fru faktiskt gällde … den som hon så sanslöst fallit för. Det var som de talade om två helt skilda personer.

Gerts ytliga beskrivning av den varma, roliga, ömsinta Cilla. Han såg en kvinna som inte kunde laga mat, som inte skötte hemmet som en fru borde. Som inte tyckte om hans mamma, hur det nu kunde komma sig.

Hon ser på honom, hur avslappnad han ser ut där han ligger med raka ben och händerna knäppta på den runda magen. Han har en beige kavaj med väst under, en mörkblå stickad väst. Hon har lärt sig att inte blanda sitt privatliv med sitt yrkesliv. Att Gerts fru är hennes älskarinna är inget hon bör tänka på när han ligger här. Inte mer än att hon måste låta proffsig när han pratar om sin fru. Vilket han sällan gör, han är alltför egotrippad för det.

Han ser frusen ut. Den ljusblå skjortan är knäppt ända upp i halsen, men ingen slips. Han har tagit av sig de brunmelerade glasögonen och blundar. Ser nästan ut som han somnat. Hon vill egentligen inte störa honom, så hon tar upp sin stickning. Hon stickar alltid, skriver aldrig ner vad de pratar om förrän efteråt. Bara några få stolpar, inget mer. Det är sällan något viktigt blir sagt.

Hon harklar sig lätt men han reagerar inte. Han kanske har somnat. Jenny hinner sticka ett helt varv på sockan hon håller på med. Det är vad hon stickar mest, mjuka sockor som hon brukar erbjuda sina patienter att ta på sig då golvet är kallt. Men Gert har ju skor på sig. På hennes fårskinn.

Hon koncentrerar sig på stickningen och försöker minnas anteckningarna hon har om Gert Gustafsson, 37 år. Gift sedan tio år. Inga barn.

Han lider sedan många år av stort kontrollbehov, agorafobi och bakterieskräck, allt inom ramen för OCD. Eller tvångssyndrom, som vanligt folk kallar det. Och son-syndrom. Hon lägger ner stickningen i knät och stryker sitt korta hår, pillar lite på en test i nacken.

För att det ska fungera för Gert kommer han alltid måndagar klockan 15.00, han har rätt att gå på arbetstid. Den här måndagen efter att han har varit hos Birgit, som vägrar att dö fast att hon varit döende nu i flera år. Sedan han flyttade från henne.

Det är sonen som behandlas i stället för modern, något som kallas son-syndrom. En psykiskt sjuk moder som lägger över sitt liv på sonen och ger honom dåligt samvete för att han förstört sin mors liv. Vilket ger två sjuka individer med dålig självkänsla och dåligt samvete. De kan inte leva med varandra men heller inte utan varandra.

"Vad tänker du på", säger hon till sist, för det blir ju löjligt om hon ska väcka honom bara för att säga att timmen är slut.

Han rycker till och famlar efter glasögonen som han inte har på sig, men lägger ner händerna igen då han tydligen kommer på att de ligger på det lilla bordet som står bredvid soffan. Hans glasögon, en karaff med vatten, två glas och ett paket med pappersnäsdukar är allt som står på bordet.

"Åh", börjar han, "jag tänker på Jörgen."

"Jörgen?"

"Ja, min chef."

"Jaha, och vad tänker du om honom?"

"Jag tror han har ett förhållande med min fru."

Jenny är färdig att tappa stickorna. Det är nästan så svetten tränger fram under armarna. Hon tvingar sig att dra ett djupt andetag och ännu ett. *Såja, ta det lugnt nu Jenny. Han tror alltså det är Jörgen som Cilla träffar!? Det är bra, det är bra!*

"Kan du berätta med egna ord varför du tror det", säger hon och hoppas slippa fråga, då hon är livrädd att säga fel.

Hon börjar räkna varven till hälen, frenetiskt.

Han drar handen över kavajen och knäpper upp knapparna. Hon tror ett ögonblick att han ska börja klä av sig men han viker bara ner framsidan och knäpper åter händerna på magen.

"Han är så glad jämt. Han är snygg med. Fint hår, vågigt, inget grått. Ibland tror jag att han färgar det, men nej så fåfäng kan han väl inte vara … Han har sådan hand med kvinnor, artig och kan prata med dem. Jag har alltid haft svårt med det. Ja, jag är ju gift, men …" Han tystnar och ser ut att fundera. Hon tänker inte skynda på honom. "Han frågar alltid om min fru."

Så blir han tyst igen, blundar. Jenny ser på honom där han ligger med fötterna på hennes fårskinn. Hon skulle vilja skrika åt honom att Cilla, hon är min! Men det går väl inte. Han skulle väl kasta sig ut genom fönstret.

Jenny suckar. Ser Cilla framför sig, hennes ljust blå, melerade ögon, hennes ljusa långa hår som hon släpper ut då hon kommer hem … Hon tar upp stickningen igen och stickar så det smattrar om stickorna. Som en k-pist, något som hon önskade att hon hade. Hon är precis torr i halsen, slänger ner stickorna i korgen och häller klumpigt upp vatten i glasen, spiller förstås men låter det vara.

"Vad frågar han då?" undrar hon och ställer från sig glaset och tar upp stickningen igen – behöver ha något att hålla i.

"Hur hon mår, vad hon gör, hur hon har det på jobbet."

"Jaha, men det är väl bara av omsorg han frågar, om dig och din fru, att ni har det bra tillsammans?"

Jenny biter sig i läppen. *Skärp dig Jenny.*

Han ser upp på henne, sätter sig upp och tar glaset med vatten som han dricker ur i ett svep. Så tar han upp en näsduk ur fickan och torkar sig om munnen innan han lägger sig ner igen.

"Min fru har väl inget med mitt arbete att göra? Min chef har väl inget med henne att göra, min chef ska väl bara bry sig om vad jag gör på mitt arbete."

Jenny drar ett djupt andetag: *Led in samtalet på chefen* ...

"Tycker du så? Men nu för tiden brukar väl i alla fall bra chefer även bry sig om sina medarbetare mer privat. De försöker väl lära känna dem. Skapa en relation?"

Bra, det var bra sagt.

"Hm, skapa en relation?"

"Ja, det kan väl vara trevligt."

Hon gör nästan en grimas. Tack och lov blundar han.

"Trevligt?"

Hon slutar sticka, stannar i rörelsen.

"Hurdan relation har du och din fru", frågar hon innan hon börjar sticka igen. "Har ni det bra tillsammans? Gör saker ihop och så?"

Hon vet svaret men frågan känns oundviklig.

"Gör saker ihop?"

"Ja, jag sa just det", svarar hon med en viss irritation i rösten.

"Hm."

Han är tyst en stund, men hon ser att han funderar så hon hinner räkna varven på hälen, och det är ingen mening med att försöka ta in den så hon lägger stickningen i korgen bredvid sig.

Hon ser på tavlan som hänger ovanför soffan. Veronika Sjöö har målat den, förstås. Den föreställer ingenting, det är upp till betraktaren att se. Hon förundras ofta över att hon hela tiden ser nya saker i den. Idag är den beige, med gråa darriga ränder på ena sidan och konturerna av ett hånleende ansikte målat rakt över den. Hon känner sig träffad.

"Vi har det nog bra, som vanligt folk har det", säger han till sist. "Vi gör inga saker ihop. Vi arbetar mycket, hon jobbar kvällar och går på kurser. Först tyckte jag det var bra, men med åren så undrar jag. Och sedan, när vi var på den där festen ..."

Gert drar handen över håret. Det ligger kammat i sidbena, så väl att det bildats ränder av kammen i håret. Han påminner henne om en man från fyrtiotalet. Både i hållningen och i talet.

"Festen?"

Hon minns inte att Cilla pratat om någon fest.

"Ja, det var en fest på mitt arbete, en avtackning av några som gick i pension. Du vet att jag arbetar på kommunens kartritningskontor? Att jag ritar kartor?"

Han ser på henne och hon nickar bekräftande.

"Just nu är det för fiber som ska grävas ner, annars har jag gjort både avlopp och el. Ja, inte avloppet alltså ..." Han skrattar till. "Inte själva avloppet, utan ritat in det på kartor. Kartor över kommunens nybyggda områden."

"Jag förstår", säger hon, för det vet hon redan. "Vad hände på festen?"

"Hon dansade med honom. Jörgen alltså, min chef."

Det är så hon vill himla med ögonen men hon stirrar på tavlan.

"De dansade nästan hela kvällen, och sedan hämtade han både dricka och snittar till henne. De hade gjort en massa små snittar. Både med lax och vad jag tror renkött och pepparrot, väldigt goda var de."

Hon nickar och väntar på att han ska fortsätta av sig själv.

"Hon blev onykter, min fru alltså. Det brukar hon inte bli. Ja, den kvällen vi träffades första gången, då var hon det."

Han blir tyst i sina minnen.

"Jo, det har du berättat", säger Jenny som inte vill höra den historien gång till.

"Jag körde hem henne. Jag bäddade ner henne i hennes säng. Jag tror att de har träffats flera gånger efter det. Min fru åker bort ibland, hon säger att det är med jobbet men jag tror det är med Jörgen."

Jenny blir nästan full i skratt. Stackars Jörgen som får stå som syndabock, men hon sänder en tacksamhetens tanke till honom.

"Du grundar alltså dina misstankar om att din chef har en affär med din fru på att hon dansade en kväll med honom? När vad den här festen?"

Hon försöker leta i minnet men hon kan inte minnas att de skulle ha varit på någon fest. Det måste ha varit innan ...

"Den där festen, den var för fyra, nej fem år sedan", avbryter han hennes tankar.

Hon fnittrar till. Men harklar sig, *jäklar,* tar en klunk vatten ur sitt glas. Han vänder på huvudet och ser på henne. Hans små ögon plirar utan glasögonen och han sträcker sig efter dem men har svårt att greppa dem då han ligger. Hon sträcker sig efter dem och ger glasögonen till honom. Han sätter dem på sig och vänder blicken mot taket.

"Fem år sedan, jaha." Hon korsar armarna framför bröstet och svajar med benet som ligger överst. *Stackars Jörgen.* "Du tror att detta pågått i fem år", säger hon mer konstaterande än frågande, och han nickar så håret viker sig i kamränderna. *Det stämmer, det är fem år sedan jag förförde din fru här på soffan som du nu ligger på ...* "Har du inget märkt? Att hon luktar rakvatten? Att hon säger fel namn till dig, eller vad som helst?"

Hon stryker sina svettiga händer över byxbenen. *Jenny, led honom inte rätt ...*

"Nej".

"Nej?" frågar Jenny.

"Nej."

"Du tror fortfarande att hon har ett förhållande med en man som hon dansade med en kväll för fem år sedan?"

"Ja, det tror jag." Han stryker handen över sin kind."

Renrakade kinder, runda som på ett barn.

6

Jenny tar fram flaskan med portvin. Gert var sista patienten för idag och hon behöver verkligen något stärkande. Det är så hon skakar fortfarande. Hon hämtar en trasa och torkar upp vattnet hon spillde ut tidigare. Hon skakar av fårskinnet innan hon sätter sig på det.

"Kära nån", säger hon och tar en klunk av det starka, söta vinet.

Hon har aldrig varit så här nära att försäga sig. Han brukar mest prata om sin mamma, hennes sjukdomar och sitt eget mående, sin obefintliga självkänsla. Men idag ... vad hände idag, egentligen? Varför pratade han om Cilla just idag? Med Jörgen, haha, jaa ...

Hon smuttar på den starka drycken och stryker med handen över fårskinnet. Följer lockarna med fingertopparna. Hon som vet mer om hans fru än vad han vet själv. Hur lena hennes knäveck är, hur kittlig hon är i nacken, hur underbara fingertoppar hon har ...

"Fan! säger Jenny högt.

Jenny visste tidigt att hon inte var intresserad av män. Det var inget konstigt i de kretsar där hon växte upp, konstnärer och skådespelare, fria själar. Självklart hade hon haft förhållanden innan Cilla. Många, korta, snabba, lärorika och njutningsfyllda. Men den dagen Cilla klev in på mottagningen visste hon vem det var. Hennes Cilla.

Det var en fantastisk känsla att hitta hem. Hitta sin rätta famn i livet. Sin själsfrände och tvillingsjäl. Tänk att det är snart är fem år nu, lika länge som hennes "förhållande med Jörgen" tydligen ... haha.

Men skrattet sätter sig i halsen när hon tänker på hur mycket de fått försaka för hans skull. Gert. Usch. Cilla och Jenny. Jenny och Cilla. Gert? Vem är det? En beige man som inte begriper att hans fru har ett väl fungerande förhållande med en annan kvinna. En man som ställer till med rabalder så fort hans fru säger att hon ska lämna honom. En offerkofta är han. En sådan som inte kan leva genom sig själv utan likt en parasit lever genom andra. I detta fall, Jennys Cilla.

”Fan”, säger Jenny igen.

Nu säger han sig tro att Cilla ligger med hans chef. Mmm, det visar bara på hur inskränkt han är. Att Cilla ligger med en kvinna finns inte i Gerts värld. Inte heller att skiljas. Jenny snurrar på det tomma glaset. Han kan nog inte ens tänka tanken. Skilsmässa, ett ord som inte finns i Gerts vokabulär.

Han skulle heller aldrig ställa Cilla mot väggen om en sådan sak, för han är troligtvis helt asexuell, helt ointresserad av samliv mer än bara att få vara gift. Av bekvämlighetsskäl, eller för att han aldrig skulle kunna säga till sin gamla mor att hans fru lämnat honom. *För en kvinna.*

Jenny minns när Cilla första gången sa att hon ville skiljas. Då han kastade sig ner för trappan. Tänk om han slagit sig värre och verkligen hamnat på konvalescenthem … vilken underbar tid de skulle ha haft.

Sedan tänkte de åka utomlands, vara borta en vecka eller två, men då hamnade han på lasarettet igen. Han trodde han hade gallsten, blindtarmsinflammation och cancer men han var förstoppad. Jenny tänker att han säkert höll sig med flit. De kom inte iväg den gången. Heller …

Det är så hela tiden! Hela tiden. Och när Cilla sa att hon ville skiljas andra gången … Ja kära nån, då försökte han hänga sig. I lampkroken i deras vardagsrum. Vad Jenny vet så har de fortfarande ingen taklampa där … utan ett hål.

Alltid samma visa! Alltid sätter han käppar i hjulet när de ska göra något annat än den vanliga rutinen som Gertidioten är så förbannat glad i! Vi borde slå ihjäl honom, tänker hon.

Just då är det något som klickar till i henne. Någonting som lägger sig på plats. Något varmt och gott, precis som när hon får ligga nära Cilla och känna hennes värme, hennes doft. Hon ler för sig själv när hon ser på det tomma glaset. Det finn en liten droppe kvar som hon häller på tungan.

Hon reser sig och går fram till fönstret. Där står hon och ser skymningen sänka sig över hustaken. Medan tankarna handlar om mord, om att dräpa, om att slippa all denna oro – värre för Cilla än för henne. Men hon skulle göra vad som helst för Cilla, vad som helst.

7

Jenny köper pizza med extra räkor med sig hem. Allt för att fjäska lite för Sokrates. Hennes brunmaskade siames, som ligger på soffryggen och spanar på småfåglarna som retsamt håller till på taket utanför fönstret. Han tjattrar på dem, men när han känner doften av räkor hoppar han vigt från soffan och över till köksbänken.

Sokrates överger gärna fåglarna för några goda räkor. Jenny plockar av några från pizzan och lägger på ett fat, han sitter kvar på köksbänken och äter medan hon tar med sig kartongen till soffan och sätter på teven.

Det är inte många kvällar hon är ensam, men ikväll är faktiskt Cilla på kurs. Någon viktig information om bensår. Nästan så Jenny mår illa vid blotta tanken. Hon slår snabbt bort tanken på det och bläddrar bland kanalerna. Finns som vanligt inget att se, så hon sätter på en Beckfilm på Netflix. I denna är det en kniv som är mordvapnet. Hon river bitar av pizzan och låter tankarna löpa fritt.

Jo, ikväll var det faktiskt utbildning på Cillas jobb. Eller en föreläsning som hon gärna ville vara med på. Enligt Gert jobbar Cilla två kvällar i veckan, måndag och tisdag, och så går hon på spanskakurs på torsdagar. Ett språk som hon redan klarar till fullo.

Det är utbildningar kontinuerligt på jobbet, även sådana som kräver att hon reser bort en natt eller två. Det gäller att hänga med som sjuksköterska. Det kommer nya rön och nya mediciner, ja, väldigt mycket nytt inom vården mest hela tiden.

Så länge det är i jobbet klarar Gert av det, då får han inte skoskav eller mjälthugg. Jobbansvar är det enda han förstår sig på. Sitt arbete sviker man inte. Vad var det Karl-Bertil Johnsson sa på julafton? *"Ett väl utfört arbete ger en inre tillfredställelse och är den grund på vilket samhället vilar."*

Det är inte bara enligt Tage Danielsson, utan även Gerts livsfilosofi. Inget man trodde när han var ung och full utanför diskoteket, men något fick han väl efter far sin. Precis som sina rutiner, stugan jämna veckor och morsan udda.

"Och kalla inte min mor för morsa!"

Idiot, tänker Jenny, men det är en jäkla tur att Cilla har ett jobb där det finns möjlighet både att jobba kvällar på jouren, gå på utbildning och åka på konferenser, även om det inte förekommit så värst mycket de sista åren. Regionerna drar in på allt.

Men utan det skulle det här aldrig ha fungerat. Då skulle väl Gert varit på vårdcentralen varje dag och gapat om blodtrycksfall och melanom.

Cilla är och kommer alltid att vara hennes ljus i livet. Någon gång måste de väl kunna lösa det här med stollen, om inte nu så sedan. Någon gång måste väl hans psykolog kunna få honom att förstå att hans fru inte är något att ha. Att ett liv utan henne vore så mycket enklare … Men hur länge ska vi orka, tänker hon när hon viker ihop den tomma pizzakartongen.

Cilla äter i personalmatsalen varje dag. Och varje dag ser hon den blå Saaben köra förbi. Sakta. Hur fan orkar han? I alla år nu har han varje lunch klockan 12.30 åkt förbi sjukhusets matsal och sett efter att Cilla sitter där vid sin vanliga plats.

Jodå! Hon har flyttat på sig, många gånger. Suttit bakom en pelare, suttit på andra sidan matsalen. Men det blir så jobbigt, och så skäms hon ihjäl varje gång han kommer in och frågar den som sitter på hennes plats var fan hon är. Otrevlig, spydig och arrogant. Stalker!! Numera står det en skylt vid hennes plats, *reserverat för Cilla Brink.*

Man kan ju tycka att han kunde ringa henne, slippa ge sig ut och köra på lunchen, men Cillas mobil ligger inlåst i hennes omklädningsskåp när hon arbetar. Arbetstiden är hennes frizon från sin stalker.

Hur länge ska hon orka? Det är många som frågat henne det, och hon rycker på axlarna. Hon har ju försökt så många gånger, och för varje gång blir det bara värre. Det var synd att inte lampkroken höll, och hålet i taket är det ingen som talar om.

Jenny och hon har talat om att flytta utomlands, att byta namn. Men det här är ju hennes liv. Ska han få förstöra allt hon har? Han har redan förstört tillräckligt! Så länge hon har Jenny orkar hon, hur länge orkar Jenny?

Jenny känner sig nervös idag. Gert ska komma i eftermiddag, och hon har lovat Cilla att pressa på om att skilsmässa vore det bästa för honom. Hur fri han skulle känna sig, att äktenskapet bara är en belastning för honom.

Hon har tystnadsplikt, men den har förstås inte hindrat henne att prata med Cilla. De arbetar båda med yrken som har tystnadsplikt och vet vad som gäller. Att man måste hålla på policyn – inte tala om sina patienter med andra, inte ens med anhöriga. Det är en yrkesheder som måste hållas, annars är man i fel yrke.

Att kunna lita på sin psykolog eller sin sjuksköterska är A och O för ett fungerande samarbete mellan vårdpersonal och patient. För att patienten ska kunna finna sig själv och sina inre demoner. Det är det Jenny är till för, inte för att springa med skvaller till anhöriga. Ett samtal med sin psykolog är en oerhörd privat angelägenhet. Det vet hon.

Det var faktiskt en av anledningarna till att hon startade sin egen klinik efter att ha arbetat några år inom landstinget. Dar var tystnadsplikten inte så viktig. Läkare kunde fråga eller berätta rakt ut om saker som deras gemensamma patienter hade sagt eller inte sagt.

Patienterna skulle diskuteras i vårdgruppen, inte i fikarummet – ett oskick som Jenny fått ont i magen av. Att bli sin egen var det bästa hon gjort i sin karriär.

Gert var annorlunda, intalade hon sig själv. Men de måste finna en lösning, och det snart.

Hon hinner precis lägga upp maskorna på en socka innan det knackar på dörren och Gert öppnar den på glänt och sticker in huvudet.

"Får jag komma nu?"

"Varsågod."

Jenny pekar med stickan mot soffan och han går in, stänger dörren efter sig och sätter sig på soffan. *Ska han sitta idag?*

Han häller upp ett glas vatten och dricker ur halva innan han lägger sig ner. Hon har varit förutseende och lagt fram en frottéhandduk på fårskinnet. Han knäpper upp den beigea kavajen och knäpper händerna på magen, idag utan stickad väst men som vanligt med en rutig skjorta i blått.

"Hur har du haft det sedan sist?" frågar Jenny och stickar två aviga och två räta, något hon inte behöver räkna, det går av sig självt.

"Det har väl rullat på som vanligt tycker jag. Jobbet är precis likadant. Hemma är det precis likadant."

"Är det något du trivs med, att det är samma rutiner?"

Det här har hon frågat så många gånger.

"Det får jag nog lov att säga att jag gör."

Han blir tyst en stund och Jenny tänker vänta tills han själv börjar prata eller berätta om vad han tänker på, det brukar komma efter en stund. Strax börjar han att prata om Jörgen, som varit sjuk den gångna veckan.

"Man kan undra i vad, säger han, för min fru har inte varit sjuk. Hon har arbetat som vanligt hela veckan. Hon jobbar på vårdcentralen förstår du, så klart att hon är trött när hon kommer hem. Går där och ler mot människor hela dagarna, klart hon inte orkar prata på kvällen med. Det får man ju förstå. Hon jobbar två kvällar och går på kurs en kväll, klart hon är trött", konstaterar han.

Han blir tyst en stund. *Jenny har slutat sticka.*

"Men jag undrar jag", säger han till sist.

"Vad undrar du?"

Hon tar upp stickningen.

”Om hon verkligen går på kurs.”

Jenny tappar en maska och tar ett djupt andetag.

”Hon borde väl ha lärt sig spanska vid det här laget? Hon har ju gått flera år nu.”

”Hon kanske går för hon tycker det är roligt”, försöker Jenny. ”Vad gör du på kvällarna när hon är borta?”

”Ser på teve, sporten på Viaplay. Äter smörgåsar och dricker te, ja, kanske en öl med. Sedan lägger jag mig alltid klockan nio. Jag tycker ju om rutiner, så jag lägger mig då och går upp klockan fem. Då duschar jag och äter frukost. Te och två rostade smörgåsar med ost. Prästost. Sedan klär jag mig, och så kvart över sex tar jag bilen till jobbet.”

Han tar en andningspaus innan han fortsätter:

”Jag är alltid först, vilket jag vill vara. Då får jag den parkeringsplatsen jag vill ha. Den andra bredvid cykelstället. Jag vet inte, jag trivs med den platsen. Så går jag in och börjar arbeta. Kvart i sju till kvart i nio. Då går jag till personalrummet och äter en tallrik filmjölk med russin, dricker en kopp kaffe. Sedan arbetar jag till klockan tolv. Då äter jag lunch, jag har matlåda med mig.”

Jenny nickar men han ser inte på henne idag, han bara pratar på. *Så tar du en sväng med bilen på lunchen …*

”Sedan tar jag bilen och åker till Coop, köper en bulle till eftermiddagen. Klockan ett fortsätter jag att jobba till halv tre, då dricker jag kaffe och äter bullen. Sen jobbar jag till kvart i fyra. Då tar jag en promenad runt kvarteret innan jag åker hem. Där läser jag tidningen, och sedan sätter jag på teven. Ja, det var väl min dag. Alla mina dagar. De flesta ser likadana ut.”

Han tystnar och Jenny undrar om han tänker att det låter fruktansvärt tråkigt. Det här har hon hört så många gånger att hon kan det utantill. Hans dagar har sett likadana ut sedan urminnes tider. Förutom när Cilla säger att hon vill skiljas.

”Vad gjorde du i helgen då”, frågar hon fast hon redan vet svaret.

”Jag var hos mamma. Hon var lite piggare tyckte jag, så vi tog en promenad. Ja, hon i rullstolen då. Sedan åt vi och såg på tv, inget speciellt alls.”

”Hade ni trevligt?”

Jenny börjar sticka rätstickning efter resåren.

”Det hade vi nog, som vi brukar. Det var som det brukar.”

”Så du är aldrig hemma på helgen och gör saker tillsammans med, din fru?”

Varför frågar jag det igen?

”Äh, nej … Jag åker ju till mamma”, säger han och ser faktiskt på Jenny. ”Och andra helgen tittar jag till stugan.”

”Vad tror du din fru gör då?”

Skit i det, Jenny!

”Hon städar väl, och lagar mat. Ibland finns det matlådor som hon lagat på helgen. Eller så träffar hon väl Jörgen. Eller någon väninna, jag vet inte så noga.”

”När träffas ni?”

”Min fru och jag?”

”Ja, precis, din fru och du? När umgås ni?”

Han ser åter upp i taket och ser ut att tänka efter. Det var nog längesedan de ”umgicks”.

”Det kanske inte blir så ofta”, säger han till sist. ”Måndagar och tisdagar arbetar hon kväll, och torsdagar är den där kursen. Fredagarna åker jag till stugan eller till mamma direkt efter arbetet.”

”Onsdagar?”

”Vad då?”

Han sätter sig upp och dricker ur vattnet som är kvar i glaset.

”Ses ni på onsdagar? Du och din fru?”

”Nej, då äter jag middag med min mor.”

Jenny ler i sitt inre men ser på klockan, det har bara gått en halvtimme.

”Du har aldrig funderar på om ni skulle gå varsin väg?” frågar hon lite tystare än hon brukar prata, tänker att det kanske går in bättre.

”Varsin väg? Hur menar du?”

Han ser på henne igen, fingrar på sina glasögon som sitter där de ska.

”Ja, ni lever ju inte direkt ihop, ni träffas aldrig. Vore det inte för boendet skulle ni inte ha något med varandra att göra.”

Hon ser på honom men fortsätter stickningen. Han rör inte en min, bara stirrar uttryckslöst på henne.

”Det är inte vad jag önskar berätta för min gamla mor, det skulle ta död på henne. Och Cilla har ju Jörgen, Det är väl hon som skulle vilja skiljas i så fall.”

Han sa ordet! Han sa ”skiljas” … Jenny kniper ihop munnen. Vad ska hon säga? Tankarna snurrar i hennes huvud; *försäg dig inte, men led honom vidare.*

”Tror du att hon vill det?” säger hon.

”Det vet väl inte jag, det får du väl fråga henne om.”

Jenny ger upp. För den här gången.

Hon vet inte vad dessa möten ska leda till. Det är ju bara svammel. Han tror att Cilla har en affär. Låt henne gå då, har hon lust att skrika. *Det är jag som ligger med din fru! Det är jag som ligger med din fru, inte Jörgen! Idiot! Du ska sluta följa efter henne!*

Han skulle blåneka till att han följer efter henne: *”Det gör jag väl inte!”*

Men de säger inget av detta. Hon ser på klockan, säger att tiden är slut för denna gång. Han reser sig och går.

Jenny är så arg, så frustrerad att hon stampar i golvet. Hon borde ta ett glas vin men nej, det räcker inte. Hon drar på sig träningskläderna, och så ger hon sig ut. Springer så fort att hon inte bryr sig åt vilket håll, kroppen går som av sig själv. Det svider i bröstet men hon sätter ena foten före den andra.

Stadens hus försvinner bakom henne, asfalten tar slut, grusvägen leder henne ner till sjön. Till den gamla badplatsen. Hon stannar längst ut på bryggan, håller händerna på knäna och försöker få luft. Hon rätar på sig och skriker, skriker ur sig den uppbyggda ilskan som finns kvar i henne.

Hon sjunker ner på knä, sedan på sidan, och gråten sliter i henne. Gråten rister hennes kropp och hon tänker att rullar jag ett halvt varv så är det slut. Det kalla vattnet kommer att ge mig frid. Ge mig lugn. Men hon kan inte. Kan inte göra så mot Cilla, kan inte lämna Cilla i hans våld. De måste lösa det här. På ett eller annat sätt. Det är inte Jenny som ska dö.

8

"Han skulle inte ens märka om jag bara flyttade ut."

Cilla ligger på soffan i hennes verkliga hem, hos Jenny. Det är där hon trivs bäst, och hon önskar att hon kunde flytta in för alltid.

"Han skulle ställa till en sådan scen när han väl märker det", svarar Jenny när hon kommer ut ur duschen, helt slut i benen efter sin joggingtur.

Hon har fått ur sig ilskan men känner sig fortfarande ledsen, kryper ihop och lägger huvudet i Cillas knä. Drar upp pläden om sig.

"Men låt honom göra det då!" säger Cilla och ser ner på Jenny, stryker handen över hennes hår, det korta kastanjebruna.

Hon stryker det så det läggs bakom hennes öra.

Jenny vänder på sig, drar bort håret som inte ska ligga bakom örat. Ser på Cilla. Hennes underbara älskade Cilla.

"Det skulle inte du palla med. Kommer du ihåg när han barrikaderade sig i väntrummet?" säger Jenny.

"I vårt? På vårdcentralen. Hur kan man glömma det? Fy farao så pinsamt."

Cilla sätter händerna för ansiktet.

Han hade med sig ett campingbord och en stol. Termos med kaffe och en sovsäck. Och vägrade gå därifrån innan han fått tala med Cilla. Innan han fått henne att följa med hem. Teamet från psykiatrin kom, men de kunde inget göra. Han hade inte skadat henne.

"Jo tack, det kommer jag ihåg, du behöver inte påminna mig. Eller när han försökte hänga sig. Men varför kan vi inte bara låta honom göra det?"

"Hänga sig?"

"Ja?"

Ja, varför inte? Jenny ser bilden framför sig; hans uppsvällda ögon, tungan som hänger ut … hon ryser.

"Det var inte bättre när han hoppade ner för trappan, men det var skönt efteråt, de dagarna han var hos Birgit", säger hon och sträcker sig mot Cilla.

Stryker henne på kinden.

"Kanske vi kan knuffa ner honom då, hans mamma tar ju så gärna hand om honom", säger Cilla med en suck men vet att det inte går.

Ingenting funkar när det gäller att bli av med en stalker. Inte ens polisen, dem har hon pratat med. De kan hota honom men har inte möjlighet att följa upp.

"Fan", säger Cilla och drar en djup suck. "Bättre att vi slår ihjäl fanskapet."

Jenny svarar inte, det är precis vad hon tänkt. Enda sättet att faktiskt bli av med Gert är nog att slå ihjäl honom. Eller, inte slå ihjäl, men på något vis ... döda honom.

"Mm, kanske det", säger hon efter en stund.

Hon reser sig upp och går ut i köket. Sätter på vattenkokaren, fyller på vattenkannan och börjar vattna blommorna.

Cillas empatiska sida, det är den som är bekymret, egentligen. Att hon inte kan såra någon. Knappt att hon kan slå ihjäl en mygga. Hon är uppvuxen med de tio Gudsbuden. *"Du skall icke dräpa."* Hur ska hon kunna slå ihjäl Gert? Hur galen han än är, så kan hon inte göra honom illa. Det finns inte i henne, helt enkelt.

Att hon varit gift med honom i alla dessa år bevisar väl det. Han sårar och hon plåstrar om. Att hon stod ut i alla år innan hon gick till psykolog är för Jenny helt ofattbart. Vilken styrka den kvinnan har.

Jenny vattnar alla blommor, bryter bort några gulnande blad på gullrankan, och så går hon till badrummet. Plockar ut fortfarande varma frottéhanddukar ur torktumlaren och viker ihop dem, lägger dem i hyllan bredvid duschen. När hon kommer ut i rummet igen har Cilla hämtat te i deras blå keramikmuggar.

"Du, menade du allvar?" säger hon när Jenny satt sig igen.

Cilla sätter om snodden hon har i sitt långa ljusa hår till en slarvig knut.

"Med vad?"

"Att vi skulle slå ihjäl honom?"

"Jag? Det var väl du som sa det."

Jenny blåser på teet.

"Mm. Tänk att bli fri. Inga mera scener. Inga mer tråkiga, tråkiga tråkigheter. Jag är så jävla trött på tråkiga saker. Helst på honom … TråkGert!"

Cilla har rest sig upp och går fram och tillbaka i rummet, tar bort snodden och sätter upp håret igen. Så sätter hon sig bredvid Jenny och tar hennes hand.

"Vi gör det."

"Gör vad?"

"Dödar honom."

Hon släpper Jennys hand, sätter båda händerna mellan sina knän och stirrar rakt fram.

"Men, det kan vi inte, väl …?"

Jenny ser tvekande på henne, är hon verkligen säker? Jenny vill inget hellre än att bli av med honom, och den tanken har krupit i henne de sista dagarna.

"Det är enda sättet. Han kommer att fortsätta göra sådana scener, så barnsliga – skämma ut både mig och sig – om jag skulle gå ifrån honom. Det skulle bli skriverier i tidningarna, det skulle bli … kalabalik. Jag vill inte flytta härifrån, jag är född här. Jag har faktiskt rätt att bo kvar, inte behöva fly. Och om, eller när, han får veta att det är du – hans psykolog. Vad tror du han är kapabel till då?"

Cilla biter sig i läppen. Att Gert skulle skada Jenny … nej! De måste förekomma honom.

Jenny nickar. Så mycket vet hon att han kan bära sig åt som … ja, finns det ord för det? Värsta sortens dramaqueen? Han gör sig själv till offer, fast han egentligen har sig själv att skylla. Han är som en femåring som inte får som han vill, lägger sig på golvet och skriker. Precis så!

"Men, kan du verkligen det? Döda någon?"

Jenny ser på henne med ett skevt leende.

"Om jag måste, då kan jag."

Jenny har aldrig sett Cilla så bestämd, beslutsamheten lyser i hennes ögon.

"Mm, alla kan nog döda om de måste. För sin egen överlevnad, och i det här fallet tror jag vi är där. Hur?" säger hon, och Cilla ser på henne.

"Vi förgiftar honom. Svampsoppa."

"Klassiskt!"

Jenny nickar gillande.

9

Cilla gör matlådor ibland, men hon lagar ingen god mat. Hon bränner vid eller saltar för mycket. Findus frysta formar är vad som serveras i Cillas och Gerts hushåll. Finns det mycket näring i dem? tänker Jenny.

Hon skakar på huvudet åt sina funderingar. Vad använder man för svamp? Hur gör man för att det inte ska smaka illa? Hur undviker man att äta själv? När? Var? Frågorna är många.

"Vi kan blanda gift i pulversoppa, karljohanssvampsoppa", utbrister Cilla och ser rakt fram, som att hon är långt borta i tanken.

"Finns det?" svarar Jenny, det är inget hon äter.

Cilla nickar. Hon kan allt om färdiglagad mat som finns att köpa.

"Man kan inte googla, för jag läst om att polisen kan kolla ens dator efter sökningar."

"Men det är ju enklaste sättet att få veta saker", påpekar Jenny.

"Om man köper en telefon med kontantkort och kastar den sedan?" försöker Cilla som rest sig igen.

Hon går fram och står vid fönstret. Egentligen borde hon gå hem, men hon känner sig trotsig. Hon tänker inte gå hem.

"Kanske funkar. Men grejen är väl att få det att se ut som han gjort det själv?" säger Jenny som också rest sig och kommer fram och håller om Cilla.

De blir tysta och bådas pannor ligger i djupa veck, de tänker så det nästan hörs. Det blir som ett sorlande i rummet. Eller om det är fläkten ...

De får syn på honom samtidigt. Han står bakom buskaget med rododendron som täcker hela sidan av Stadsparken. De blommar inte men är gröna och täta hela året. Där står Gert och ser upp mot deras fönster. Då vet han alltså. Vet att det är de två, ingen Jörgen.

"Hur ... kan han veta?" viskar Cilla.

"Folk, rykten, skvaller", svarar Jenny.

"Ska jag vinka åt honom?" frågar Cilla.

”Nej, det gör bara saken bara värre. Vi låtsas inte om honom.”

Jenny slår ner blicken, orkar inte se på honom. Det knyter sig i magen på henne och hon lägger sig i soffan igen. Kryper ihop och drar pläden över sig.

Cilla står kvar en stund, det är sent. Han borde väl ha lagt sig. Det här stör hans rutiner. Han kommer att vara på dåligt humör i morgon. Hon vill inte åka hem, men borde kanske skynda sig ut nu och se hur han reagerar då han blir påkommen. Men hon vänder sig om och ser på Jenny. Det gör så ont i hjärtat att se henne så ledsen.

”Åh”, säger hon och lägger sig på knä framför henne. ”Jag lovar, vi dödar honom. Vi kokar soppa.”

Jenny ser på henne, ler, och så skrattar hon.

”Tror du verkligen vi kan det?” säger hon.

”Koka soppa måste vi väl ändå kunna?” svarar Cilla och lägger huvudet på sned.

”Ja, men … döda honom?”

”Är inte du din fars dotter? Den store dramatikern Thorwald Sjöö!”

Hon ställer sig upp och gör stora gester med armarna.

”*To kill, or not to kill*”, säger hon och Jenny skrattar.

”Jag kanske ska prata med pappa”, säger Jenny. ”Be honom om råd.”

Hon fnittrar.

”Eller inte”, säger Cilla. ”Vi får läsa deckare”, konstaterar hon.

”Men hur tillförlitliga är de då? Jag menar, det är väl upp till författare att ljuga och lägga till hur mycket de vill.”

”Som dramatiker då”, säger Cilla. ”Jag undrar det jag. Jag tror att läsarna idag är så kunniga att det måste stämma, annars blir det inte äkta.”

”Deckare, nyheterna, och så kan du prata med Giftinformationscentralen”, säger Jenny.

Cilla börjar skratta.

”Ska jag ringa Giftinformationscentralen och fråga vilken svamp som är giftigast?”

”Du kan väl ringa om någon som ni tror ätit fel svamp? Vit flugsvamp? Hur mycket behöver man äta för att dö av den, det är väl okej att fråga”, säger Jenny, men det tror Cilla inte riktigt på.

Först fråga det, och veckan efter dör hennes make. Cilla drar sin hand genom Jennys korta hår.

”Och samtidigt, om han skulle ta livet av sig, skulle han äta svamp då”, frågar hon.

”Han kanske inte kan skilja på champinjoner och vit flugsvamp. Han tar fel och … ”

Cilla sätter upp händerna.

”Hm, jo, kanske. Men, han är ett sådant offer att han skulle vilja att det såg ut som mord.”

De ser på varandra.

”Vi ska döda honom. Det får se ut hur det vill, bara fanskapet dör.”

10

Det är kallt ute men han står kvar ändå. Kanske att det rör sig däruppe i fönstret. Jo, där är hon. Och den andra med. Jävla psykolog, tro att hon är något, va? Hummar och håller med när han berättar om Jörgen. Patetiskt. Hon vet ju så jävla väl att han ligger där och ljuger. Ändå säger hon inget. Ändå brusar hon inte upp och blir förbannad. Vilken patetisk människa.

Han har ju rätt, det tycker han, där han står och spanar efter sin fru. Det är ju hans fru. Han har all rätt i världen att veta vad hon gör och med vem. Vilken tid på dygnet som helst. Han vet nog att det pratas på sjukhuset. Att de vet att den där blå Saaben är hans. Cilla Brinks man som åker förbi varenda eviga dag.

Och? Varför skulle han inte kunna göra det då? Det är väl en allmän väg? Alla har väl rätt att ta sig en sväng på lunchen, se sig om, komma ut lite. Köpa sig en bulle. Att sitta hela dagarna på ett kontor och rita kartor kanske inte alla tycker är så roligt. Men si det gör han. Och han tycker om att köra en sväng med sin Saab på lunchen med. Se på sin fru. Det är ju hans fru, han får titta på henne. Så då gör han det. Så det så.

Att det var dumt att kasta sig nerför trappan, det inser han dock inte. Inte heller hur dumt det är att hänga sig i en lampkrok. För vissa är det självklart att inte lampkroken håller för en man på, låt säga 75 kg, men för Gert ter det sig helt ologiskt att sätta upp en krok i taket som inte håller. Den ska ju hålla.

Han ser på klockan. Halv nio, dags att åka hem. Han går förbi psykologens röda biljävel. En BMW, vem fan tror hon att hon är? Bara slynor åker röd BMW. De är slynor allihop! Vartenda jävla fruntimmer, och hans farsa tvingade på honom ett av dem. Tvingade, ja, tvingade! Och nu är hon hans. Han äger henne.

Gert stannar upp och ser på bilen. Den röda. Han tar upp nyckeln till Saaben och går nära bilen, sätter nyckeln mot lacken och går sakta förbi.

Han sover gott den natten. Väldigt gott, nästan med ett leende. Han vaknar med vetskapen om att det är fredag. Så gott! Pizza och mamma, tänker han och blir full i skratt. Mamma och pissa … Haha … Han är glad att hans pappa är död. Då behöver de inte bry sig om honom, han var mest i vägen.

Gert vill faktiskt ha sin mamma ifred. Han och mamma. Det var bara otäckt att hälsa på hos pappa. Fast mamma sa att de måste det, så ville han inte. Han låg ju bara där. Såg inte på dem. Blicken skelade och flackade i taket. Det var otäckt. Och så dreglade han. Äckligt. Och ena handen var som en klo.

Det luktade kiss, och en gång bajsade pappa på sig när de var där. Då skrattade Gert men fick skäll av mamma. Så fick de åka hem, och Gert var jätteglad hela dagen. Det minns han.

11

Det är ingen lätt uppgift de tagit på sig. Först komma på rätt metod och sedan sätta det i verket, och det ska ju helst fungera också. Jenny vrider sig i sängen så Sokrates går därifrån. Han går och äter några bitar torrfoder och går på lådan innan han lägger sig på soffans ryggstöd och väntar på att småfåglarna ska vakna.

Cilla sover inte heller. Jenny sa att hon måste åka hem, fast hon inte ville. De måste ligga lågt om det här ska gå i lås. Hon hör genom väggen hur Gert snarkar. Hon väntar vid varje apné att det ska vara det sista andetaget, men strax drar han ett till.

Hon skulle ju kunna gå in och lägga en kudde över hans ansikte. Så lätt det skulle vara. Fast då får han väl något dun från kudden i halsen som de hittar. Han kommer ju att obduceras, så det måste vara bättre gjort än så. Men tio år på Hinseberg, tillsammans med Jenny, vore väl rätt okej … suck.

Svamp. Är det verkligen bästa sättet? Finns väl andra gifter som är bättre toxiska mediciner. Histaminer till exempel i för stor mängd. Insulin för en icke-diabetiker, eller rent av paracetamol. Saker som hon faktiskt lätt skulle kunna få tag på. Paracetamol finns ju till och med på ICA, hur konstigt det än är.

Nu jobbar hon mest i receptionen och i telefon, men visst har hon ändå tillgång till medicinerna som finns på vårdcentralen. Bara att se till att komma över något som inte märks, all medicin är räknad och märkt.

Men nu skulle de få det att se ut som ett självmord? Han har ju inte tillgång till några mediciner, bara en massa jävla blyertspennor och svarta tuschpennor, det är väl inget han skulle komma på att tugga på?

Helst skulle hon bara vilja gå upp nu och trycka en kniv i bröstet på honom. Känslan av det vore så häftig. Hålla kniven i handen, se honom i ögonen och så bara trycka till. Se förvåningen i hans ansikte och sedan ögonen som rullar runt för att sedan dö. Blicken stel, stirrande, samtidigt som hans vidriga kropp faller ihop och stönande viker sig ner på knä innan han slår huvudet i golvet.

Fast han ligger ju i sängen, och det där skulle hon aldrig klara. Han skulle vakna och se henne stå där och darra med kniven i handen. Det skulle bli en scen utan dess like. Men hon kan nästan känna sig tillfredsställd, bara av tanken, när hon äntligen somnar.

När hon vaknar på morgonen har han redan gått till jobbet. Han har väl inte ens märkt att hon kommit hem. Det är i alla fall sköna mornar i ensamheten, en kopp te med tidningen vid köksbordet. Tystnaden.

Så gör hon sig i ordning och åker till jobbet. Det tar en kvart för henne att cykla till vårdcentralen. Samtidigt skickar hon ett meddelande till Jenny och frågar om hon sovit gott. Får ett svar:

"Sådär ..."

Hon skickar en smileygubbe tillbaka. De har säkert legat och funderat på samma sak båda två.

Jennys förmiddag går i ett med patienter som avlöser varandra. Hon hinner sticka en hel socka. Den här i ett blåmelerat, ganska tunt garn som hon köpt i garnaffären vid torget. Hon älskar att gå och känna och lukta på garnerna, se alla färger som är anpassade efter varandra i hyllorna.

Hon äter sina lunchmackor – med ost, skinka och tunna gurkskivor på – framför datorn, där hon läser på Giftinformationscentralens hemsida.

Som de trodde är den giftigaste svampen just vit flugsvamp. Det borde väl finnas svamp nu? Såhär på förhösten, det är väl då de kommer, och hon inbillar sig att de små färska är giftigare. Så det kanske vore läge att åka till skogen i helgen då ... Gert är hos sin mamma så de kanske kunde åka till stugan. Cilla och hon trivs bra där. Det är ett lugn där som de båda tycker om. Och den ligger så vackert i skogsbrynet.

Hon går in på en svampsida och ser att det stämmer, det är nu i september som de börjar komma. Hon stoppar sista biten smörgås i munnen och dricker ur teet. Lutar sig bakåt och känner sig nöjd. Svampsoppa. Eller kanske en paj? Ja, varför inte, det lär ju vara hon som får laga den för Cillas matlagning ger hon inte mycket för.

Fast han har nog aldrig klagat de gånger hon försökt, och kanske han anar oråd om det helt plötsligt verkligen är något bättre än de där frysta matlådorna, eller de översaltade som Cilla ibland får för sig att göra. Det får nog bli en soppa på påse.

12

”Pappa!”

Jenny är förtvivlad när hon ringer sin pappa, och han svarar som vanligt:

”Vänta får du mamma här.”

”Jenny älskling”, säger mamma när hon får luren.

”Mamma, min bil är förstörd. Någon – ja, jag vet vem – har dragit en nyckel efter hela sidan.”

”Men vad är det du säger? Älskling? Är det han, hennes man …”, säger Veronika Sjöö och låter förfärad.

”Självklart är det den idioten! Han stod utanför här igår, vi såg honom.”

”Men har ni ringt polisen?”

Jenny berättar att de har det, men de kan inget göra så länge det inte finns på bild. Eller på film, men det finns ingen övervakningskamera där hon bor. Hur idiotiskt är inte det? Bredvid stadsparken där både kreti och pleti rör sig om nätterna och sysslar med Gud vet vad!

”Nåväl”, säger Veronika. ”Jag åker till London i eftermiddag, följ med! Ta med din lilla väninna, hon kan behöva komma bort! Pappa ordnar det där med bilen, vet du. Det löser sig. Har du ätit idag?”

”Mamma!! Det är klart jag har ätit … jag är 35 år.”

Jenny suckar.

”Javisst ja, förlåt. Vi ses på flygplatsen då, halv fem. Kom inte för sent. Halv fem!”

Veronika lägger på, och Jenny ser på luren. *London? Ja, varför inte?*

Hon ringer till sjukhusets växel och blir kopplad till vårdcentralen. När hon kommer fram till Cilla berättar hon att hennes mamma bjudit med dem till London över helgen. Det kan nog vara bra att komma bort och tänka över vad det är de håller på med. Cilla, som egentligen ska jobba till fem, lovar att det ordnar sig. Hennes arbetskamrater är så glada om hon gör något där inte hennes man kan se henne.

”Tog du med min mörkblå klänning?” säger Cilla när hon kliver in i taxin där Jenny redan sitter.

”Absolut!” svarar Jenny. Och ditt pass.

”Så bra att jag har allt hemma hos dig”, säger Cilla och ger Jenny en puss på kinden.

Jenny ler mot henne. Hon berättar inte om bilen. Vill inte oroa Cilla med det, att han faktiskt är kapabel till våldsamheter. Men det är ju inget som Veronika tänker på.

”Vilken jävla buffel”, är det första hon vräker ur sig när de kindkysser varandra i terminalen – ja, till och med innan hon beställer varsitt glas vitt vin till dem.

Så Jenny får ju snällt förklara vad som hänt. Veronika lovar att de inte ska oroa sig för bilen, det tar pappa hand om. Seså, nu ska vi ha trevligt. Cilla ser på Jenny, det är inte bilen som hon oroar sig för. Det är sig själv. De ska nog skynda sig på att sätta planen i verket.

London, och det regnar. Det är september och det regnar i London. Någon som trodde något annat? På Hilton Hotel är det varmt och gott. En flaska champagne är beställd till sviten de delar.

”Ta det stora rummet, ni båda”, säger Veronika, bara det att båda sovrummen är lika stora.

Lika stora som hela Cillas lägenhet. Veronika sveper in lika självklar som i allt hon gör. Cilla önskar att hon vore lite mer som Veronika, vågade ta för sig. Men det är inte så lätt, med den mamman hon hade och den maken hon har. Helst ska hon ju bara sköta sina sysslor, be till Gud och tiga. Och niga. Men nu får det banne mig vara slut med det, tänker hon när Veronika häller upp champagne i de höga glasen.

”Skål”, säger Veronika, ”och vad roligt att ni följde med! Jag måste iväg, men ha det så trevligt, flickor.”

Hon dricker ur och försvinner till gallerian där hon ska hänga sina tavlor inför den stora vernissagen som äger rum i morgon.

"Sådär", sa Jenny. "Då ser vi inte henne mer idag." Hon ler mot Cilla och fyller upp glasen med den bubbliga drycken. Ger henne det ena med en förförisk blick. "Ska vi sätta på jacuzzin …"

13

Gert vet inte att Cilla är i London. Kommer troligtvis aldrig att få reda på det heller. Helgerna då han själv är upptagen bryr han sig inte ett skit om var hon är. Vad hon gör, eller med vem. Även om det inte är svårt att räkna ut. Hos Jörgen ... nej, det var det väl ingen som trodde? Men då Gert är upptagen med sitt eget försvinner liksom Cilla ur hans tankar.

Just nu har Cilla och hennes Jenny ätit frukost, med allt som man kan önska. De sitter i burspråket i salongen på sviten som Veronika hyrt över helgen. Hon kom hem väldigt sent i natt och for iväg tidigt. De ska åka dit senare. Mingla, kindkyssa kändisar och dricka ännu mera bubbel. Men först ska de shoppa.

På frukostbordet stod ett kontokort när de kom upp. Veronikas. Ingen vet hur mycket det är på det kontot, ingen kommer någonsin att fråga. Vad de vet är att pengarna på det kommer räcka till allt vad de vill köpa idag. Och lite till.

Så de gör sig klara för en dag på stan. Shopping i London. Haha, kan det bli bättre? Inte mycket. De tar en taxi från Hiltons entré till Oxford Street, går på Marks & Spencer, på Harrods, Selfridges. Åker vidare till Sloan Street och går på Gucci och Christian Dior, bara för att titta. När skulle de ha de där kläderna på sig?

Äter en fantastisk lunch på Bond Street och fönstershoppar på Tiffany & Co. De avslutar på Carnaby Street, där galleriet ligger.

Med händerna fulla med kassar kliver de in på galleriet. Kassar som de får gömma i personalrummet till galleristens stora förtret, det är trångt där redan.

De byter om på toaletten till varsin nyinköpt svart klänning. Kan vara bra till Gerts kommande begravning. Eller inte, då Jenny köpt ett fodral och Cilla en med draperad rygg. Den mörkblå ligger kvar i resväskan. De får champagne och blir presenterade som Veronikas dotter med vän – *her big love*, som Veronika säger.

Det är underbart! Det är fantastiskt att få vara tillsammans öppet. Hålla handen, kyssas utan att undra vem som ser. Vem som står i buskarna och snart kommer att skrika rakt ut. Det är underbart, men också utpumpande.

När de kommer hem till hotellet är klockan tre på natten. Veronika har en flaska champange med sig och de är fnittriga som få. De turas om att dricka direkt ur flaskan. Hon har sålt nästan all konst. Hon skakar på huvudet.

"Miljoner, dollar! Det är dollar, flickor! Folk är galna, de är galna."

Veronika somnar med flaskan i handen och kläderna på sig. Liggandes på sängen med fötterna utanför. Jenny tar av henne skorna, och gemensamt puttar de in henne i mitten på sängen.

"Tack mamma", viskar hon innan de tar varandra i hand, Jenny och Cilla, och går in till sig.

Det känns som det är hundra meter att gå från Veronikas sovrum rakt genom salongen till deras.

När de kommer av planet åter igen i gamla Svedala och är klara genom säkerhetskontrollen – som är lika med noll, fast de har massor med kassar – så kommer en man och möter dem. Han är väldigt proper i kostym, vit skjorta, ansat mörkt skägg och solglasögon fast det är mulet. Lång och bredaxlad.

"Det här är Joakim", säger Veronika. "Min chaufför."

"Jag visste inte att du hade en chaufför?" säger Jenny och hänger på honom alla kassar som han snällt tar emot och bär ut till bilen.

"Jo, men det har jag. Han är så bra", säger Veronika och följer efter till bilen.

Där stannar han och ställer ner dem på gatan, och så tar han fram en bilnyckel som han ger Jenny.

"Där är er bil", säger han till henne.

Jenny förstår ingenting och Cilla ännu mindre. *Jenny har en röd bil?*

”Så bra att pappa valde en diskretare färg”, säger Veronika. ”Så lilla vännen, var rädd om dig. Ät ordentligt och låt bli att klippa dig så sabla kort!”

Veronika kliver in i baksätet på bilen med tonade rutor och de står där med alla kassar. De ser på bilen, och sedan på Joakim.

”Grattis till nya bilen”, säger han och kliver in på förarplatsen där Veronika sitter i baksätet, och så kör han iväg.

”Jaha”, säger Jenny och trycker på knappen på nyckeln så att bagageluckan öppnas.

”Det är till att vara bortskämd”, säger Cilla och skrattar.

”Det konstiga är att det har börjat på senare år. Förr, när jag var liten, fick jag klara mig vind för våg. Men nu …”

”Hade inte du ett eget kontokort redan som sjuåring?” säger Cilla med en grimas.

”Kan väl hända, men de var ju inte *där.*”

”Är de väl inte nu heller, egentligen. De fixar det du ber dem om, på ett rätt häftigt sätt. Kan du inte ringa dem oftare”, säger Cilla och skrattar.

”Kanske de kunde fixa en lönnmördare?” säger Jenny när hon trycker på startknappen, lägger i ”drive” och rullar iväg.

”Borde de kunna. Är detta en BMW?” frågar Cilla och stryker handen över de svarta knapparna.

”Självklart, sista modellen.”

”Ok, grå, snygg.”

”Diskret.”

14

Nu vet ju inte Gert att Cilla och hennes stora kärlek varit bortresta. Till det fashionabla och fritänkande London. Han vet inte att de har minglat med de stora konstnärerna, de stora författarna och skådespelarna som han aldrig ens hört talats om. Inte ens vet vilka de är, då de hör till en kategori som hans enkla eller svårtydda intresse inte sträcker sig till.

De kulturella salongerna är inget han har någon som helst vetskap om. De filmer han roar sig med på lördagskvällarna i sitt gamla pojkrum hemma hos sin sjukliga moder har sådana titlar som *Fäbodjäntan* och *I tvillingarnas tecken*, något som de flesta av oss – kanske i alla fall någon av oss – i ett mörkt rum för längesedan tittat på med blossande kinder och en grimas av lätt illamående.

Nåväl, inget vi behöver gå djupare in på, då den före detta ungdomstiden borde vara glömd och förlåten. Gert har inte läst någon av de författare Jenny och Cilla mötte, inte heller skulle han förstå sig på tavlorna som Veronika Sjöö sålt i helgen för ett snittpris på 800 000 svenska kronor. Med fyrkanter, darriga streck och konturer av nakna människor.

Men om Gert visste att Cilla gått på Oxford Street, hållit hans psykolog i handen, kysst henne helt ogenerat på en pub på Bond Street, hur hade han då reagerat?

Det vet vi inte, vi kan bara spekulera. Låt oss göra det en stund. Med utgångspunkt från vad vi vet om hans tidigare reaktioner på hans hustrus, enligt honom, lössläppta leverne.

Att han skulle gå i taket, det vet vi. Att han skulle bli frustrerad, vansinnig, ursinnig – det kan vi också med lätthet räkna ut. Han skulle förmodligen rusa in på vårdcentralen på måndagsmorgonen då han upptäckt den hemska sanningen att hon tagit sig till London utan hans vetskap, utan att … be om lov!!

Han skulle rusa förbi kölappsapparaten, rusa förbi eventuella andra patienter som sitter snällt och beskedligt och väntar på sin tur i det trista, grönmålade väntrummet. Han skulle absolut inte stanna i den lilla hytten och anmäla sig och sitt ärende, utan han skulle ta sig på snabbast möjliga vis ner genom korridoren till personalrummet. Öppna dörren och skrika:

"Var fan är Cilla?"

Det är bara det att om vi tänker att han åker direkt dit, då är han där vid halv åtta. Vårdcentralen har precis öppnat. Det sitter några få gäspande patienter i väntrummet för att ta fasteprov, alltså blodprov som tas på fastande mage. De kommer knappt att orka titta upp på mannen som rusar förbi.

Hytten där man anmäler sitt ärende är ännu inte bemannad. Och personalrummet är tomt. På måndagar har de sin första fika, och rondmöte, nere i stora konferensrummet som ligger bredvid omklädningsrummet. En plats som Gert inte ens vet var den är.

Så han blir stående där i det tomma personalrummet med all sin frustration, all sin ilska och ett stort mått av irritation nästan på gränsen till uppgivenhet.

Han skulle knyta sina händer, morra som Hulken och höja axlarna till öronen, skrynkla ihop hela ansiktet, bli illröd som en tomat innan det högg till i hjärtat på honom. Han skulle lägga händerna på sitt bröst och tänka att det här är Cillas fel: *Nu mår hon väl, den subban* ..., innan han föll död ner på golvet.

Det kommer att ta en kvart innan personalen kommer upp från konferensrummet för att ställa in sina matlådor i kylen, och finner honom bortom all räddning där på golvet. Vilket skulle spara Cilla och Jenny så mycket bekymmer. Så det är verkligen synd att Gert aldrig får veta att de varit i London. Det är verkligen synd.

15

Både Cilla och Jenny rasar ihop på soffan när de kommer tillbaka till stugan. Cilla orkar knappt tömma stövlarna på granbarr. De har gått i skogen hela dagen och bara hittat fem små usla svampar. De vet inte ens om det är vit flugsvamp. Det kan vara champinjoner, det kan vara precis vad som helst.

Till sist tar Jenny sig upp och sparkar av sina egna stövlar först, för att sedan dra av Cilla hennes. Hela golvet täcks med granbarr och lav. Hon ställer ut båda paren på verandan, tar sopkvasten och föser ihop skräpet i hörnet bredvid soffan. Hon tar korgen med de små vita svamparna och svampboken hon köpt och sätter sig vid köksbordet.

Jenny plockar upp svamparna och ställer korgen under bordet. De har runda hattar och strumpa. Hon läser noga i svampboken att det stämmer på den vita flugsvampen.

"Synd att man inte törs smaka den", säger Cilla och drar snett på munnen medan hon sätter på lite kaffe.

Jenny synar svampen under hatten och den har skivor, precis som det står i boken. Hon stryker undan håret, som hon försöker låta växa lite som Veronika sa även om hon finner det svårt, och läser vad det står om förväxlingssvampar. Men hon får det i alla fall till att detta är vit flugsvamp. Det kan inte vara något annat.

"Hur gör vi nu då?" säger hon och går och tvättar händerna i diskhon med hjälp av skopan som hon öser vatten med.

"Vi kan väl hacka ner dem, koka dem så det blir en smet liksom", säger Cilla och Jenny nickar.

"Det blir som en bas till soppan."

Sagt och gjort, Cilla sätter sig och finhackar svampen, med latexhandskar på sig, medan Jenny tar fram påsen med pulversoppa. Hon klipper upp den och häller allt i en kastrull. Lite extra salt och vitlök ska väl täcka smaken, som kanske inte är som den borde. En stund senare står det en matlåda på bänken för att svalna. Cilla skriver en lapp och klistrar på: *Karljohanssoppa.*

De sätter sig bredvid varandra i soffan och stirrar andäktigt rakt fram. Ett steg mot målet. Ett steg mot friheten.

"Men tänk om ...", säger de nästan i munnen på varandra.

"Han åker hit på fredag, och jag har då berättat att det finns mat i frysen. Han kommer att äta den på lördagskvällen, och sedan kommer han helt enkelt inte hem som han brukar på söndagskvällen. Vi måste bete oss som vanligt."

Jenny nickar. Hon inser det, hon med. Cilla måste åka hem som hon brukar på söndagen och vänta på någon som inte kommer, sedan på måndagen kan hon ringa polisen.

De äter den grillade kycklingen de tagit med sig, dricker en flaska vin och somnar till sist med allt surrande i huvudet. På söndagen städar de undan och Cilla tittar i frysen en extra gång att lådan med karljohanssoppa verkligen står kvar. Sedan åker de hem tidigt.

Jenny har bestämt sig för att sjukskriva sig på måndagen, eller i alla fall sista timmen. Hon klarar inte av att ha Gert liggande på soffan och beklaga sig någon mer gång.

Och varför skulle hon? Hon har ju bevis på nu att han vet, att han smyger i buskarna utanför hennes hem. Hon ringer till honom och säger att hon inte känner sig bra. De får ses igen om två veckor. Han muttrar bara något om att störa på jobbet innan han lägger på luren i örat på henne. Hon känner sig bara lättad.

Veckan går sakta. Sniglar sig fram, som en minut i taget istället för den vanliga ruschen som Cilla brukar känna på jobbet. Inte förrän på torsdagen kan Cilla säga till Gert att det finns en matlåda i stugan, att hon hittat så fina exemplar av karljohanssvampar som hon kokat soppa på och ätit, en riktig festmåltid. Han nickar tacksamt och säger att det låter gott, och att han ska låta sig väl smaka. Hon rodnar.

"Jag hade i vitlök och en extra slatt med grädde, så den blev så fyllig och god", säger hon men tystnar.

Så här mycket brukar de aldrig prata med varandra och han får inte bli misstänksam. Men han verkar som vanligt inte lägga märke till att hon sagt något.

Fredagen kommer och han åker till stugan direkt efter jobbet som vanligt. Cilla åker till Jenny. De går på bio på kvällen för att få den att gå. På lördagen sover de länge och äter en lång brunch. De pratar om hur han har det, om och när han äter. De känner oron i kroppen, så de bestämmer sig för en joggingrunda.

Det är skönt att sträcka ut kroppen, låta varje muskel jobba. Ena foten framför den andra i takt med andningen. Doften av höst, av jord nu i början på oktober. Med ett lätt duggregn som inte stör, bara är skönt.

De springer ner till sjön, följer stranden ända bort till skogen innan de stannar och hämtar andan, sätter sig där en stund. Dricker vatten och bara låter blicken försvinna i fjärran över sjön.

Den gråa lätta dimman som rör sig över ytan, fåglarna som ska till att flytta sjunger en sista stämma innan de ger sig iväg. Löv som rasslar då de sakta faller mot marken. De är i stunden, just den här stunden då de hoppas att han ... en stund de alltid ska minnas.

Söndag, vid lunchtid, åker Cilla till Coop och köper några finduslådor med frysmat och ställer i frysen därhemma. Allt måste vara som vanligt. Hon dammsuger och sätter på tvättmaskinen. Mikrar en paj och äter framför teven för ovanlighetens skull.

Hon sitter och ser på Rapport och hoppar högt när hon hör nyckeln i dörren. Hon känner hur färgen rinner av ansiktet och får nästan sätta huvudet mellan knäna. Hon flämtar till då hon får se sin make, som borde ligga död på golvet i deras lilla sommarstuga.

Han nickar utan att säga något när han tittar in från hallen. Hon bara stirrar på honom. Han går in i badrummet och hon hör duschen sättas på, precis som vilken söndag som helst.

Hennes hjärna går på högvarv. Åt han den inte? Misstänker han, vad då? Vad i helvete … Hon tar upp telefonen och skickar ett sms till Jenny:

"G hemma. OMG!!"

16

Han kommer ut från badrummet efter den längsta halvtimme Cilla har genomlidit i hela sitt trettioettåriga liv. Han ser ut som vanligt och sätter sig i fåtöljen och ser på vad det nu är som visas i rutan, Cilla har ingen uppfattning om att teven ens står på.

"Har du haft det bra?" säger hon och försöker låta stadig på rösten.

"Jo, det regnade så jag har hållit mig inomhus."

"Då passade det bra med varm soppa då …"

Hon kan ju inte låta bli att fråga, hon brukar fråga om maten vad bra och han brukar svara att den dög. Det är liksom det de har att prata om, vardagliga saker som mat och väder.

Han ser på henne innan han svarar. Hon får inte flacka med blicken utan tittar tillbaka och försöker till och med le lite. Det går sådär.

"Det hände en sådan konstig sak", säger han. "På lördagseftermiddagen när jag precis hade tagit fram soppan ur frysfacket så knackade det på dörren. Först tänkte jag att det var du."

"Jag?"

Han nickar.

"Ja, att det kanske hänt något med mamma eller så …"

"Jaha, så jag hade åkt ut för att berätta, ja, det förstår jag", säger Cilla och vänder sig i soffan, lägger det andra benet över det andra.

"Precis, men det var en man som stod där."

"En man? Som du inte kände igen?"

"Precis, jag hade aldrig sett honom innan. Han var träningsklädd, smutsig och mager. Lång. Han satt på bänken på verandan när jag öppnade, som att han inte orkade stå upp längre."

Gert ser på teven utan att se och Cilla sträcker sig efter fjärrkontrollen och stänger av. För första gången i deras äktenskap säger han något som intresserar henne.

”Jag frågade vad han ville. Han hade gått vilse, berättade han. Hade blivit så glad då han först sett bilen och sedan huset, och undrade om jag visste var han var.”

”Jaså?”

”Ja, så dumt! Som jag inte visste var jag var! I min egen stuga, va!”

Han fnittrar till.

”Jamen han ville väl veta var han var, inte var du var. Du sa väl var han var?”

”Det är klart jag gjorde, jag sa att han var vid min stuga.”

Gert skrattar så magen hoppar, och Cilla suckar. *Så elakt, så otroligt elak du är,* tänker hon.

”Men, hjälpte du honom”, säger hon bestämt och han slutar skratta.

”Jag pekade åt vilket håll han skulle gå för att komma ner till stora vägen.”

Han säger det som om han hade gjort den godaste av gärningar. Som att han tagit in mannen i värmen, gett honom sin varma mat, sin säng och låtit honom duscha. Vilket hade varit svårt då det inte finns något rinnande vatten.

Cilla skakar på huvudet.

”Du bjöd inte på kaffe?” *Delade soppan med honom? Gud förbjude!* ”Han kanske frös?”

”Nej, varför skulle jag det?”

”För att vara trevlig, men det kan ju vara svårt”, säger Cilla syrligt och sätter på teven igen.

Han reser sig upp och går ut ur rummet. Säger inget mer. Cilla säger inget mer heller. Han går och lägger sig medan hon sitter kvar utan att kunna forma en enda riktig tanke i huvudet.

Åt han soppan eller inte?

Hon borde ju förstått att det inte skulle bli så lätt. Koka lite soppa och så var han borta. Det är väl självklart att han inte ätit den. Första matlådan som hon verkligen unnat honom. Det enda hon önskat att han skulle tycka om och äta upp, slicka skålen. Var det för mycket begärt?

Cilla somnar på soffan till sist och vaknar inte förrän hon hör att Gert är uppe igen. Hon låtsas sova. Det är måndagsmorgon och han ger sig strax iväg till arbetet. Hon går upp och ringer till Jenny, som svarar på första signalen.

"Vad fan händer?" utbrister hon och Cilla berättar om den vilsegångne mannen.

Tänk om han gav honom soppan. Tänk om han åt den? Och nu ligger död någonstans längs den stora vägen. Och när polisen finner honom och tar fingeravtryck på en Tupperwareskål som han bar på, så är det kört. Väl?

Men Jenny tror inte det. För skulle verkligen Gert ge bort något som var hans? Aldrig! Hellre skulle han slänga det! Om polisen frågade honom om en vilsegången man kommit till stugan skulle han säga att han inte sett någon, för han ville inte bli inblandad.

"Men om? Tänk om?"

Cilla går fram och tillbaka i hallen med luren vid örat.

"Aldrig! Han skulle aldrig erkänna sig så svag. Gert ser det som ett svaghetstecken att ge bort till andra. Aldrig att han gett bort något som var hans till någon annan behövande, det var ju liksom *hans* soppa."

Och deras fingeravtryck finns inte på skålen, bara Gerts. De torkade noggrant av den innan de satte den i frysfacket.

"Nej", säger Jenny bestämt.

Hon tror inte att de kan leda spåren till dem, och Gert skulle blåneka.

"Vi måste kolla nyheterna, om de funnit någon död man", säger Cilla.

"Du får kolla på Akuten med, om det kommit in någon med matförgiftning", svarar Jenny.

De bestämmer att vara precis som vanligt, följa planen de dragit upp för sig och gå och jobba som vanligt. Det är tack och lov inte den här måndagen som Gert ska komma till Jenny och ligga på soffan. Hon har en vecka på sig. En bra tidsfrist.

17

Att Gert skulle berättat för Cilla att han faktiskt hade hjälpt den vilsegångne mannen fanns inte på kartan. Det skulle aldrig falla honom in att erkänna en sådan sak. Enligt honom gör bara idioter sådant som att ge bort sin middag.

Men som vanligt hade han köpt med sig både pizza och bamsekorv med mos när han åkte ut till stugan. Korv till fredagen och pizza till lördagen. Den värmde han till lite i en stekpanna på vedspisen.

Han hade inte en tanke på när han åkte ut till stugan att hans fru hade gjort sig till och kokat soppa, till och med lämnat kvar till honom. Vad var hon ute efter nu då? Skulle hon smörja honom för att kunna lämna honom? Då han upptäckte den när han lade in två öl för att snabbt få dem kalla kom han ihåg. Han tog fram den och tänkte att han kunde äta den till kvällen och pizzan på eftermiddagen.

Han tänkte då inte låta sig mutas. Icke. Inte ens med hemgjord soppa på bästa karljohanssvamp. Även om det vattnades i munnen på honom då han tänkte på den när han nu låg hemma i sin säng. Han ångrade sig nästan, tänkte på mannen som hungrig, trött och illaluktande gick iväg med en plastbytta i handen.

Det fanns ingen död man. Det kom inte in någon med svampförgiftning på Akuten. Då den vilsne mannen kom ner till stora vägen efter mycket trasslande i snårskogen kom där en lastbil. Mannen vinkade och lastbilen stannade.

Han fick åka med in till Aspnäset, där han kom ifrån. Trashanken bad om ursäkt för att han luktade illa, men han hade gått vilse redan på torsdagen och irrat runt och bara ätit kantareller. Så nu var han trött på svamp och ville hem och få sig en bärs, en dusch och en pizza. Lastbilschauffören förstod honom och lät honom till och med låna hans mobil och beställa pizza med det samma.

Så när han tacksamt hoppade ur lastbilen strax intill sitt eget hem, stod pizzabudet redan där och väntade. Han vände sig om och vinkade till lastbilen när den svängde ut och for iväg, med en Tupperwareskål med en nu helt tinad svampsoppa i framrutan.

På kvällen ligger Jenny och Cilla skavfötters i soffan och äter jordnötter och dricker vin. Det har varit en hård dag för dem båda att hålla koll på både radio- och tevenyheterna och journalerna från Akuten. Inget om någon man som hittats död av konstiga anledningar. De är trötta.

"Hur gör vi nu", säger Cilla när hon hämtat sig.

"Jag vet inte, ska vi skita i det? Eller hitta på något nytt. Vi törs väl inte koka mer svampsoppa, då blir han väl misstänksam?"

"Det kan han nog bli", säger Cilla, lägger sig ner och tvinnar sitt hår.

Snodden ligger på golvet.

De enas om att de måste hitta på någon annan metod att ta livet av honom. Inte något blodigt, utan enkelt rent och snyggt. Det eller fly landet är väl också ett alternativ. Att de båda helt enkelt bara tar ett flyg till Bali eller Jamaica, det vore ju inte första gången det sker i så fall. De kanske kunde hitta pappa Axel och leva med honom.

Jenny skrattar åt Cillas funderingar och kastar en nöt på henne. Cilla tar emot nöten och ser på den. Så spricker hon upp i ett stort leende.

"Han är allergisk mot nötter. Han är särskilt allergisk mot hasselnötter."

"Är han?"

Jenny sätter sig upp och maskineriet uppe i hennes hjärna sätter fart.

"En kaka, eller fisk med mandel ... fast med hasselnötter", säger hon efter en stund.

De ser allvarligt på varandra och nickar. Cilla går efter några kokböcker från köket. Jenny googlar. De läser recept högt för varandra tills klockan blir så mycket att Cilla bestämmer sig för att sova kvar. Inget som händer så värst ofta men nu bryr hon sig inte längre. Hon kommer snart att vara fri, han kan inte ställa till med så stora scener längre. Det är ju inte ens säkert att han märker att hon inte varit hemma.

18

Men det gjorde han. Han satt uppe tills hon borde kommit hem från sena kvällsjobbet. Han ville fråga varför hon sovit på soffan. Det störde hans rutiner att ha en fru som sover på soffan. Men hon kom aldrig hem. I alla fall inte före halv tio, då han kände sig tvingad att lägga sig för att orka arbeta nästa dag. Plikten framför allt.

Klockan fem när han gick upp var hon fortfarande inte hemma, varför han tänkte utnyttja en timma av sin flextid och göra ärende till polisstationen för att anmäla hennes försvinnande.

Han skulle ha kunnat åka förbi och se om Cillas röda cykel stod utanför psykologens lägenhet men det föll honom inte riktigt in. Det är som att han förstår att de är vänner, men hos vänner sover man inte kvar. Inte en vardag då man ska upp och arbeta dagen efter. En helg kanske, tveksamt, men absolut inte en vardag. Så något måste ha hänt. Han kan ju inte komma till sin mamma och säga att frun försvunnit. Det går inte.

Nu bor de i en sådan liten stad att polisen inte har öppet alla dagar, således inte tisdagar. Irriterat fortsätter han alltså till jobbet, en kvart senare än vanligt, men framåt filmjölksdags har han redan glömt bort bekymret med sin försvunna hustru. Kartorna upptar hela hans sinne. De svarta strecken där fiber ska grävas ner, som han med nanometerprecision ritade dit till sin egen belåtenhet.

Han äter filmjölken som vanligt, jobbar vidare och tar sedan lunch som vanligt. Idag är det fiskpinnar och potatismos med små fina ärtor som han värmer i mikron och äter med god aptit. Han ägnar faktiskt några sekunder av sina tankar till mannen i skogen, undrar om han tyckte om svampsoppan som han gett honom. Som han stått över för att den där stollen som gått vilse skulle få lite näring. Något som han ansåg vara ett stort nederlag.

I samma stund som han tittar på klockan, redo att gå ut och ta bilen för att som vanligt åka och köpa en bulle på konditoriet och ta svängen förbi sjukhuset, kommer han ihåg att Cilla inte varit hemma. Han blir iskall. Hur kunde han glömma det? Han kastar i sig det sista av maten och sätter på locket på matlådan utan att diska den innan han kastar den i soppåsen.

Han tar trappan från matsalen i två steg och springer ut till bilen, fumlar med nyckeln men får upp dörren. Kastar sig in och gör en rivstart utan att först ta på sig säkerhetsbältet! Tar kurvan på två hjul, att döma av ljudet, och accelererar mer än lovligt över den tillåtna hastigheten.

Det är nästan så att han kör på en man i vit rock som är ute och tar sig ett bloss i smyg när han svänger in vid vårdcentralens entré. Han får knappt igen bildörren förrän han är på väg uppför rampen, han tänker att den går fortare än trappan, och slår nästan upp dörren i ansiktet på en ung gravid kvinna som är på väg ut. Förbi kölappsapparaten och förbi dem som sitter i väntrummet. Utan att be om ursäkt rusar han in till receptionen.

Där sitter redan en man i fyrtioårsåldern, klädd i arbetskläder, som just ska till att betala för sitt kommande besök hos sin husläkare, något han dragit sig för i det längsta då han misstänker hemorrojder.

”Var är Cilla?” ropar Gert till sköterskan som sitter i receptionen för dagen.

De brukar turas, om för det är inte den roligaste sysslan på en vårdcentral.

Både sköterskan och den arbetsklädde mannen rycker till av den ändå så prydligt klädde mannens viftande och plötsliga uppdykande i den lilla hytten där patienterna sitter när de anmäler sin ankomst.

”Du får gå ut och ta en nummerlapp”, säger sköterskan fast hon mycket väl känner igen Cillas make.

Det får ju vara någon måtta på hans dumheter.

”Jag måste veta var Cilla är”, svarar han med hög röst, nästan skriker.

”Ring henne!” väser mannen som blir oerhört irriterad av att bli störd, det här är ju hans tid liksom.

"Hon får ju inte ha den privata mobilen på jobbet", tjoar Gert samtidigt som han viftar med armarna.

Det var något nytt tänker sköterskan, som alltid har sin i fickan.

Mannen som sitter där är betongarbetare. Hans tvillingpar på tre år var inte på sitt bästa humör i morse och med det där som värker därbak på honom är han inte heller på sitt bästa humör. När han reser sig upp – han är etthundraåttioåtta centimeter i strumplästen och nu iklädd arbetsskor med stålhätta – så blir det tämligen fullt i den lilla hytten.

Gert stannar av när mannen kommer för nära för hans integritets bästa, han sjunker liksom ihop och blir ännu mindre. Med en gäll röst säger han att han bara vill veta om Cilla är där. Betongarbetaren skiter fullständigt i vem eller var Cilla är. Detta är hans tid i hytten och han vill vara ensam där när han pratar om problemet han har i röven.

Så han tar helt enkelt tag i Gerts axlar och sparkar upp dörren samtidigt som han lyfter ut honom utanför. Där ställer han ner honom framför kölappsapparaten.

"Idiot", väser han innan han går in i hytten igen och stänger dörren efter sig.

Gert står där med kavajen upphissad på axlarna. Han drar lite förvånat i den och ser sig om, det sitter säkert sju människor i olika ålder och stil och ser på honom. De väntar alla på sin tur, och just nu väntar de på vad han ska göra. Ska han skrika eller ska han dra en lapp ur kölappsapparaten. Det är en spänd förväntan i väntrummet.

Han rycker till i pappret som sticker ut i kölappsapparaten. Rycker irriterat för hårt och får med sig tre lappar. Det står 22, 23 och 24 på dem. Gert tänker inte vänta, han ska få reda på var Cilla är. Och det nu!

Han ser sig om och så går han in på mottagningen genom dörren där det i vanliga fall kommer en sköterska och ropar upp nästa nummer, som egentligen då skulle vara nummer 14. Han går genom korridoren och ser in i alla tomma undersökningsrum, ser in i förrådet, och in i labbet. Ingen Cilla. Ingen alls? Inte en människa syns till.

Då hör han ett skratt längre ner, bakom sig i korridoren. Han vänder sig om som en tiger som sniffar efter sitt byte, han börjar nästan att smyga. Ner mot personalrummet. Är Cilla där? Sitter hon där och skrattar ihop med sina manliga arbetskamrater? Medan han är orolig och nästan polisanmält hennes försvinnande, är hon här *och har trevligt?*

Dörren står på glänt, och han stannar inte och lyssnar som man tänker sig att en vanlig människa skulle göra utan sliter upp dörren och nästan hoppar in i rummet, där hela personalstyrkan sitter efter att just ha avtackat läkaren Henrik Örtenskog som idag går i pension. De har precis ätit prinsesstårta och Henrik står och håller ett litet informellt tacktal innan han tänker gå hem för dagen. För sista gången i sin mångåriga karriär.

Nu får vi tänka oss att det sitter arton personer här, alla vårdutbildade. Läkare, sjuksköterskor, undersköterskor, en kurator, en fotterapeut och en psykolog. Till och med några vårdare från psykiatriska kliniken där Henrik Örtengren har jobbat ibland sitter här i godan ro och njuter av den goda prinsesstårtan.

De är vana att reagera snabbt vid händelser som sker plötsligt. De är tränade att ta hand om onyktra personer, psykiskt instabila personer, våldsamma personer och andra som hör till både kreti och pleti.

Så vad som händer här är att de alla rycker till av Gerts inhoppande gestalt, som även viftar med någonting som han håller i handen. Ingen ser vad det är, och de som sitter närmast – vilket råkar vara just tre män från den psykiatriska kliniken – kastar sig fram och trycker ner honom på golvet. Det är gjort inom tre sekunder.

Henrik Örtenskog har i samma sekund blivit så skrämd av det plötsliga förloppet att han kastar den halva tårtan som blev kvar, som han just skulle till att sätta ner i kartongen och ta med hem till sin kära hustru som tålmodigt väntade på sin make idag, hans sista dag som arbetande läkare, samtidigt som han höll det formella talet till sina kollegor. Tårtan far genom luften och hamnar i knät på fotterapeuten, som är diabetiker och inte alls förtjust i tårta. Hon lägger i med ett illvrål.

Alla reser sig upp och ett virrvarr, ett kaos uppstår då flera försöker ringa vakten som bör komma och hämta den inhoppade mannen som nu ligger nerbrottad av två vårdare och en läkare. Henrik undrar vart tårtan tog vägen, fotterapeuten står med grädde och kladd på hela sig och vet inte om hon ska borsta av sig och få tårtkladdet på golvet eller om hon ska ta sig till toaletten ...

Under tiden som allt detta sker smyger en av sköterskorna ut från personalrummet och går och låser in sig i förrådet. Hon tänker inte inventera materialet, utan hon lägger sig raklång på golvet och försöker andas. *Hasselnötter, hasselnötter ...*

19

Cilla hör hur vakterna kommer springande i korridoren. Hon hör tumultet när de sätter handfängsel på honom, och så hör hon hur han skriker när de leder ut honom från vårdcentralen medan hon ligger kvar på golvet i förrådet. Hon hör tystnaden som uppstår då dörren slår igen efter dem. Hon reser sig inte upp förrän Britt-Inger, hennes kollega, kommer och öppnar dörren för att hämta nya kanyler.

Britt-Inger blir stående i dörren med ett halvt steg in i förrådet, men hon går till sist in och stänger dörren från insidan.

"Jaså, det var hit du försvann, vi undrade ... De har fört bort honom nu", säger hon och pekar mot personalrummet.

"Jag skäms ihjäl", säger Cilla. "Jag kan inte visa mig därute någon mer gång."

Britt-Inger sätter sig på en pall de har för att nå översta hyllorna, hon är för ... korpulent för att sätta sig på golvet.

"Det blir inte bättre av att du ligger här. Det är inte ditt fel att han är sådär."

Britt-Inger vet inte vad mer hon ska säga. Cilla ser på henne. Britt-Inger är en av de där gamla snälla sköterskorna som det inte finns så många kvar av. Cilla sätter sig upp och lägger huvudet i hennes knä. Britt-Inger stryker henne över håret.

"Såja", säger hon. "Det blir nog bra det här med. De tog med honom till psykakuten, men han är nog hemma till kvällen ska du se."

"Sa du att jag var här?"

Cilla tittar upp på henne och Britt-Inger ler.

"Jag sa att du var på jouren."

"Tack!"

Jouren är de som svarar i telefon när man ringer till vårdcentralen. De som ringer upp senare: *"Vi ringer upp dig omkring klockan tretton och femton i eftermiddag ..."* Dit kan man inte gå som

besökare, för de har så många i telefon att det inte finns någon tid
över för att ens gå på toaletten. Så att säga att man är på jouren när
man inte vill bli störd är det absolut bästa.

"Tack", säger Cilla igen och reser sig upp.

Britt-Inger reser sig och plockar till sig de kanyler som hon kom
för att hämta, och sedan går de ut tillsammans. Ingen kommer att ta
någon notis om att Cillas make varit här, igen. Det var inte första
gången, och ingen förväntar sig att det var sista heller.

Klockan är halv elva när Cilla kommer hem och Gert sover i sin
säng, trött efter dagens händelser. De tog honom till psykakuten där
han fick prata med en skötare som bad honom berätta vad som hänt,
vilket han inte kunde redogöra för.

Han visste inte vad som hänt. Han skulle se till sin fru som
arbetar på vårdcentralen, och när han kom in i personalrummet blev
han övermannad. Varför förstod han inte. Mer visste han inte. Så de
lät honom gå hem mot löfte om att inte göra om det.

Cilla däremot vet att de tyckte att han viftade med något när han
kom in, något som de bara såg i ögonvrån innan de reagerade och
lade ner honom på golvet. Det var kölappar. Inte något vapen. Men
man kan aldrig vara så säker, som Henrik Östenskog sa när han lyfte
på hatten och för sista gången gick ut genom entrén, utan tårta till
sin väntande hustru.

Cilla kan inte sova. Hon vrider och vänder på sig i sängen. Saknar
redan Jenny som hon låg bredvid för bara en timme sedan. De hade
diskuterat hela kvällen. Frågan om vart mannen med svampsoppan
tagit vägen kom upp flera gånger. Troligtvis kastade Gert soppan,
det hade i alla fall inte kommit in någon med matförgiftning idag
heller.

Inte på det sjukhus där Cilla jobbar, men däremot på ett sjukhus
femtiotvå mil därifrån, kom det in en lastbilschaufför som kört av
vägen. Han var medvetslös och kunde inte berätta att han ätit en

soppa som en liftare glömt kvar i lastbilen. Inte heller hur han tyckt att det var synd att den skulle förfaras, eller att han som stor svampälskare hade satt i sig hela portionen på en gång, trots att den var ganska salt och nästan aningen för vitlöksstark. En del av denna information kom fram under obduktionen.

Men det är inget som Cilla vet något om där hon ligger och funderar på receptet på mazariner. Den borde vara en perfekt täckmantel för hasselnötter då den innehåller ganska mycket bittermandelolja. Ju mer bittermandel, desto godare tycker Gert att det är.

Jenny tror att det är bäst att de håller sig till helgen då han är i stugan. Det har ju hänt förr att Cilla har skickat med honom några bullar eller kakor när han åker dit, så ett par mazariner vore väl inte misstänkt.

Hon kan ju säga att hon faktiskt tappade flaskan med bittermandelolja och tror att den är lite väl stark i smaken, vilket han bara kommer att vifta bort och stoppa ner kakorna i sin portfölj. Hon vill ju inte att han ska bjuda sin gamla mamma på dem, risken finns att hon känner smaken av hasselnötter, hon som tål dem och vet hur de smakar.

Gert har däremot inte ätit dem på säkert sju eller åtta år, och då blev han inlagd på intensiven. Det var när Cilla skulle följa med arbetskamraterna på en Ålandskryssning. Hon vet att han hade stoppat i sig två nötter då, så om hon har i fem … då borde det räcka för en svullnad som gör att han ingen luft får och inte hinner in till akuten.

20

Helgerna som Gert är hos sin mamma är de bästa, enligt honom själv. Han får all uppmärksamhet, och han får sina älsklingsrätter till middag. All uppmärksamhet kanske är att ta i, men mer än hemma hos sin fru. När han kommer dit på fredagen har han med sig pizza. En Hawaii till mamma och en calzone till sig själv. Han har även varit på Systembolaget och köpt tre flaskor vin och femton starköl.

Så äter de pizza och dricker vin och ser på gamla svenska svartvita filmer på VHS. Thor Modén, Åke Söderblom, Sif Ruud, Edvin Adolfsson, Julia Ceasar, Bertil Boo, listan kan göras lång. De dricker varsin flaska vin och blir sådär lagom fnittriga innan mamma Birgit somnar framför teven och Gert smyger upp till sitt pojkrum och ser på en porrfilm. Han har egen teve och egen videospelare.

Pojkrummet ser likadant ut nu som när han flyttade hemifrån. Enkelsängen med blårandigt överkast, bokhyllan och skrivbordet i teak. De blå gardinerna som är gråa numera av åren som gått, solblekta och dammiga. Ryamattan på golvet. Affischerna med Samantha Fox och Baccaras. Hans egenhändigt byggda modellflygplan hänger i taket.

Det är fyra sovrum och en liten salong på övervåningen, men bara Gerts rum och badrummet bredvid används. Birgit går aldrig upp för trappan, hon sover i lilla vardagsrummet sedan länge. Det finns även en stor salong därnere som dörrarna numera är stängda till. Men matsalen som ligger i anknytning till det stora köket använder de.

När inte Gert är här kommer hemtjänsten. De håller väl skaplig ordning där nere, ser till att hon får mat och hjälper henne duscha, men något vidare sällskap är det ju inte då de alltid har så bråttom. Trädgården har för längesedan gett upp och är idag mer djungellik än något annat. Precis som övervåningen, fast av spindelnät.

På lördagarna håller han sig på sitt rum och bygger modeller. Flygplansmodeller, gamla, från kriget. Favoriten är en Cessna A-37 Dragonfly. Underbar! Enligt Gert. Till lunch blir det matiga mackor med köttbullar eller prickig korv, och en öl till förstås. De avnjuter dem vid det stora matsalsbordet i körsbärsträ.

När de har ätit och Birgit ska vila middag tar Gert med sig sex öl upp till sitt rum. Det är härliga eftermiddagar detta. Han bygger och dricker öl, ända tills Birgit ropar att det är matdags.

Till kvällen äter de färdiga rätter från Dafgårds. Både Gert och Birgit tycker Dafgårds är godare. De har någon gång köpt Findus, men nej, de är för okryddade och inte alls goda. Han säger inte att han ofta äter dem i veckorna då inte Cilla gjort matlådor, de är ju faktiskt billigare.

De delar på den sista flaskan med vin till maten. På kvällen ser de på tv, det som alltid går. Idol, Talang eller vad de heter alla dessa ändlösa serier med vackra människor som får oss vanliga att drömma oss bort till glamour och glitter för en stund i vår annars så trista vardag. Några öl och en stor skål med popcorn hjälper till att öka glamouren för de två.

På söndagen tar han sin mamma i rullstolen och går en promenad. De går alltid samma väg. Först vägen ner till viken där han lekt så mycket som barn. Sedan följer de sjövägen bort till kyrkan som ligger så vackert på udden. Där stannar de på faderns grav, sitter på bänken en stund och beklagar sig över hans oduglighet i att inte dö tidigare. Så mycket han hade besparat dem om han dött istället för att bli liggande sådär, i fem år. Till vilken nytta? Nej, just det, ingen!

De ondgör sig över hans hjärtlöshet att lämna dem på det där viset. Tyna bort sådär sakta, precis som om de hade lust eller ork att åka och hälsa på. Sitta och titta på någon som varken pratade eller ens kunde vifta på en tå. Så skönt att han är död. Den mannen var bara till bekymmer.

Glädjen med honom kom dem ju inte till godo förrän han dog. Han var ekonomisk och hade ett bra bankkonto.

"Tur att du dög till något", säger Birgit innan de går vidare, utan en tanke på att det var Sievert som sett till att hon bodde och hade det så bra som hon hade det än idag.

De passerar förbi kyrkan där det är gudstjänst. Istället för att gå in i kyrkan och få ett Guds ord går de vidare på sin promenad ner till gästgiveriet och äter söndagsmiddag. Trerätters. Sill och nubbe. Söndagsstek och en mörk lager för att avsluta med det lilla söta. Äppelkompott och ett sött dessertvin. Birgit betalar förstås.

Mätta går de hem och sover middag fram till kaffet. När han byggt lite till på en, för dagen, Douglas A-3 Skywarrior äter de smörgåsar, och sedan spelar de wist tills han åker hemåt klockan halv åtta.

21

Cilla har skalat fem hasselnötter, och sedan kör hon dem i en gammeldags mandelkvarn som de hittat på en loppis. Femton kronor för detta mästerverk till uppfinning är ju som att ge bort kvarnen. Jenny vispar ihop smeten som ska hällas i mördegsformarna som de köpt färdiga.

"Nu syns det ju inte att det är hasselnötter och inte mandel", säger Cilla när hon är klar och den lilla högen med nötmjölet rakas ner i smeten.

Cilla rör om, stoppar ner pekfingret i smeten och stoppar det i munnen. Jenny väntar på hennes åsikt om det behövs mer bittermandelolja i eller inte.

"Smaka", säger Cilla och Jenny stoppar också ner fingret och stoppar det i munnen.

"Några droppar till skadar nog inte. Men jag känner ingen hasselnötsmak, gör du?" frågar Jenny.

"Nej", säger Cilla medan hon skakar flaskan och räknar droppar. Fem.

Jenny rör om, och så smakar de igen. De nickar. Nu är den perfekt. Cilla häller upp mandelsmeten ... hasselnötssmeten ... i formarna och börjar diska. När kakorna står i ugnen rör Jenny ihop glasyren. Den måste vara tjock så det blir riktigt sött och även den hjälper till att dölja hasselnötternas karaktäristiska smak. När kakorna är klara sitter de och ser på sina mästerverk med varsin kaffekopp framför sig.

"Vi kan ju faktiskt äta varsin", säger Jenny och Cilla nickar.

Det är ju inte de som är så rysligt allergiska mot hasselnötter.

"Vi delar en", säger Cilla och lyfter upp en kaka ur folieformen. Hon bryter den mitt itu och ger halva till Jenny.

"Det luktar så gott med bittermandel", säger Jenny innan hon biter i den ljumma kakan.

Men hon gör nästan en grimas, alldeles för mycket bittermandel i den för hennes smak.

"De här kommer Gert att tycka är perfekta. För mycket för mig med, men för honom så är de här ... ljuvliga", säger Cilla medan hon spottar ut kakan i handen igen.

De är nöjda med sitt dagsverke och lägger ner de sex kakorna i en form som Gert ska få med sig när han åker till stugan i morgon. Det blir gott för honom med lite fikabröd i sin ensamhet.

Planen är att han under eftermiddagen – då han kanske hunnit få i sig, låt säga, fem av de femton starkölen – ska få lite sötsug och sätta i sig tre, fyra av mazarinerna innan det börjar kittla i halsen. Så tar han en öl till, skakar på axlarna och tar en kaka till. Full och med uppsvullen hals kommer han att irra runt tills han till sist faller ihop och kvävs ... De vill inte riktigt tänka på det, men det är i alla fall vad de önskar ska ske under lördagen där ute i skogen.

När de sitter där vid köksbordet och ser på sina mästerverk ringer Jennys telefon. Det är Veronika. De kanske känner ett styng av föräldraansvar då de uppmärksammats på Jennys flickväns dilemma med sin man, så nu tycker Veronika att de ska komma hem över helgen.

"Pappa har premiär. Det blir roligt för er med, att komma ut, se lite folk."

Det kan väl Jenny hålla med om, det var många år sedan hon låg ovanför scenen på Dramaten. Cilla har aldrig varit där så visst, varför inte. De hade det så fantastiskt i London, anonyma och fria, så visst.

"Vi kommer", säger Jenny.

"Jag bokar en svit åt er på Grand, vi kan ses där och äta middag vid åtta i morgon, blir det bra?"

"En svit på Grand? Kan vi inte bo i mitt rum?" utbrister Jenny förvånat.

"Där bor ju Joakim", säger Veronika som om det vore världens mest självklara sak.

"Joakim?"

”Ja, min privatchaufför”, säger Veronika.
”Bor chauffören i mitt rum?”
”Ja? Och?”
”Nej nej, jag blev bara så häpen ... vi ses klockan åtta i morgon
då. Puss.”

22

På fredagskvällen – ungefär samtidigt som Jenny styr den grå diskreta bilen mot Stockholm och Grand Hotell och Cilla slumrar bredvid henne – åker Gert som vanligt till stugan. Han stannar och köper pizza på vägen även den här fredagen, som han gör varje fredag oavsett om han ska till stugan eller till sin mor. Han packar mat och kaffebröd till lördagen i unikaboxen som han ärvt efter sin far.

Väl framme sätter han först upp värmen på elementet och sedan plockar han in maten i kylen. Ler och känner nästan snålvattnet rinna till av doften från bittermandeloljan i hans favoritkakor. Men inte ikväll. I morgon eftermiddag, då får han äta dem. Han är en man med karaktär och disciplin.

Han öppnar den första ölen, lyssnar på knäppet och bruset av kolsyran, nickar och sätter burken till munnen. Dricker ur halva burken i ett svep och rapar så ljudligt att han blir full i skratt. Han lyfter på ena benet, släpper en lika ljudlig fjärt och skrattar högt åt sin egen humor.

Han tar med sig pizzakartongen och ölen och sätter sig i soffan, river bitar av calzone och äter med god aptit. Dricker öl och rapar, skrattar. Han hämtar en öl till och kvällen slutar med att han somnar framför teven, som alltid i soffan, klädd i skjorta och kalsonger.

Lördagarna brukar se ut som följer: Han vaknar, går ut och pinkar bakom husknuten, går in och sätter på kaffe. Sedan tar han på sig de säckiga joggingbyxorna, oljerocken och gummistövlarna och tar med kaffet och kikaren ut i skogen.

Han går samma stig bland granar, tallar och blåbärsris fram till ett jakttorn som står i åkerkanten. Där klättrar han upp och sitter och glor i kikaren medan han dricker kaffet. Övervägande fåglar som han inte vet namnet på men även något rådjur, en och annan räv och även en älg har han lyckats få syn på under åren.

När termosen är tom går han hem och äter lunch. Smörgåsar. Sedan sover han middag tills sporten på teve börjar vid fyratiden. Då han sätter på kaffe igen. Fotboll och travet ser han på och har allt satsat en slant med.

Stryktipset och oddset är det som gäller. Han vinner ofta, kanske inte lika mycket som han satsat men vinst är ju vinst. Han varvar kaffe och kakor med en och annan öl innan han värmer en Dafgård i den lilla mikron.

Den här lördagen blir dock lite annorlunda.

När han vaknar står regnet som spön i backen. Han kan inte gå runt knuten utan lättar på trycket över räcket på verandan. Han tänker att han får allt avvakta lite med sin skogsrunda. Så viktig är den inte. Han ordnar med kaffet och sätter sig med ett korsord vid köksfönstret. Blir sittande där en bra stund tills han, framåt elvatiden, får syn på en bil som kör upp på gårdsplanen.

Den parkerar bredvid hans bil. Det är en silvergrå Volvo, en nyare herrgårdsvagn. Han sträcker på sig, tittar nyfiket och undrar vem sjutton det kan vara. Någon jävel som kört fel förstås ... vad är det med folk nu för tiden, tänker han innan han känner igen mannen som kliver ur bilen. En lång, mager men ren karl. Det är han som var vilse för två veckor sedan.

"Stör jag", säger han när Gert öppnar dörren på glänt och tittar ut.

Regnet har faktiskt lättat och han bannar sig själv för att inte ha hunnit iväg innan den här göken kom.

"Nja, inte direkt kanske", säger han och tar ett steg ut på trappan.

"Jag ville bara komma förbi och säga tack för sist."

"Jahaja, jaja, det var väl inget speciellt med det."

"Jag hittade vägen och fick lift, av en ... lastbil."

"Så bra. Så bra", säger Gert och nickar.

"Det var bara det att jag glömde matlådan i bilen, så jag har köpt en ny här", säger den långe och håller fram en påse.

”Jaså? Det var väl inte nödvändigt”, säger Gert och ser på kassen som mannen sträcker fram mot honom.

”Kanske inte, men det kändes som jag borde det. Jag har bakat bullar, och det ligger några i där. Om han vill bjuda på en kopp så kanske vi kan språka en stund?”

Bullar? Hembakta? tänker Gert och plirar på mannen som nickar och ler lite skevt, lite generat.

”Jag vill inte tränga mig på …”

Gert kommer ihåg uppmaningen som Cilla hade gett honom om att det kunde vara trevligt att bjuda en vilsen, frusen krake på en kopp varmt kaffe, så han öppnar dörren lite mer och visar in inkräktaren.

”Jaja, jag sätter väl på en kopp då”, säger han, för hembakta bullar vill han inte vara utan.

Låt vara att han troligen hade fått bullarna ändå, även om han sagt att han skulle iväg.

23

En svit på Grand Hotell, ja vad kan man mer önska en regnig helg såhär på hösten när allt är blött, grått, trist och tråkigt. Inte en solgnutta på flera veckor, känns det som. Cilla är trött och känner sig rastlös. Mazarinerna gnager lite, hon tycker det luktar bittermandel om allt hon tar i.

Hon lägger sig på sängen och ser på utsikten. Gamla stan på andra sidan viken. Bilar som kör som en rad av myror; framåt, framåt, men vart? Vart ska alla som verkar ha så bråttom ... Ingen vet, Cilla orkar inte bry sig.

Jenny har hängt in kläderna i garderoben och så lägger hon sig bakom Cilla. Hon drar pläden över dem och så ligger de sked och lyssnar på tystnaden. Båda två funderar i samma banor; vad Gert gör. Är han i stugan, har han ätit kakor ... De slumrar till en stund för att sedan få bråttom, middag på Grand med Thorwald och Veronika Sjöö är inget de vill missa.

”Åh, älskling, så härligt att se er!” Kindkyssar och kramar. ”Sitt här Cilla, och berätta hur du har det.”

Veronika klappar på stolen bredvid sig och Cilla sätter sig lydigt. Förstås. Thorwald och Jenny sätter sig ner och Thorwald vinkar till sig kyparen, som genast kommer med en flaska champagne. Det är vad de oftast dricker, herrskapet Sjöö.

Cilla berättar om händelsen på vårdcentralen. Veronika lyssnar, dricker vin och skakar på huvudet. Thorwald blir nästan full i skratt. Ja, vad ska man göra annat än att skratta åt eländet?

”Får jag sälja det här till Hollywood så kommer manuset att få en Oscar, det lovar jag er!” Han lyfter sitt glas och önskar dem lycka till. ”Säg bara till om jag ska ordna saken, men som jag förstår det vill ni sköta det själva.”

”Tack pappa, jag tror det ordnar sig, annars ringer vi. Kan vi prata om något trevligare nu”, säger Jenny och börjar läsa menyn.

Det blir tre rätter och lika många flaskor champange innan de kramar om varandra och önskar god natt. I morgon är det premiär på Thorwalds nya pjäs, *Äppelriket.* Tydligen någon form av Edens lustgård, Adam och Eva i ny tappning. Den ska bli spännande att se, lika spännande som att få gå på Dramaten.

24

Gert ser på mannen som kliver på och tar av sig skorna innanför dörren. Han vet ju att golven är kalla så han tar ner ett par stickade raggsockor från hatthyllan och sträcker fram. Mannen nickar och tar dem på sig.

"Jag heter Ulrik", säger han när han sätter sig vid köksbordet, mitt emot platsen där korsordet ligger framme.

"Jaså, det var ovanligt. Jag heter Gert, det är inte så vackert det heller."

"Nej, det har man fått lida för i sin uppväxt att man hade ett gammeldags namn", säger Ulrik och nickar.

Han vänder på tidningen och tar pennan. Läser lite och får faktiskt ner ett ord medan Gert väntar på att vattnet ska koka upp.

"Är du här varje helg?" säger Ulrik utan att lyfta blicken från tidningen.

"Varannan."

"Jaså på så vis", säger Ulrik och nickar.

"Jo, jag åker till min mamma varannan helg. Hon är gammal och ensam."

"Så snällt. Du är ensam med, eller?" frågar Ulrik och ser upp på Gert.

Han skakar lite på huvudet, som att han inte vet vad han ska säga. Han häller upp vatten i kopparna och ställer fram. Ulrik tar upp matlådan med bullarna och ställer den mitt på bordet bredvid tidningen.

De rör i snabbkaffe och ser ut genom fönstret, ingen säger något på en stund. Men när Ulrik tar av pappret på sin första bulle så ser Gert på honom. Han är smal och senig, har råttfärgat kortklippt hår och fullt med rynkor runt ögonen. De borde vara i samma ålder, Ulrik kanske är något äldre.

"Jag är gift, men vi har inget äktenskap. Min fru har en väninna", säger Gert och ser ut genom fönstret.

Det här är första gången han uttalar det högt.

"Hur menar du? En väninna? Det har väl de flesta fruntimmer?"

Ulrik biter en stor bit av bullen.

"Jo, men de här är nog mer än så", säger Gert och tar till sig en bulle.

"Å, du menar så ...", säger Ulrik och Gert nickar.

"Jag har länge tänkt att det är med min chef hon haft en förhållande. Man är ju så enkelspårig. Tänker att det ska vara en man ..."

Han ser på Ulrik, ser att han förstår hur han menar.

"Men du tror de är ett par, din fru och hon ...?"

Gert nickar.

"Jag vet vem hon är, den andra. Väldigt goda bullar", säger han och tar till sig en till.

"Tack", säger Ulrik och ser på korsordet men tittar sedan ut genom fönstret.

"Du då? Är du gift?" frågar Gert.

"Nä, säger Ulrik, det var inget jag brydde mig om. Jag har det bra ensam."

"Du har det? Inget du saknar med fruntimmer?"

Gert fnissar. Ulrik ser på honom och skakar på huvudet.

"Det gör väl inte du heller, om det nu är så att ni inte har ett äktenskapligt förhållande?"

"Nej", säger Gert och drar en djup suck. "Jag har alltid haft problem med ... ja, du vet", säger han och sätter en knuten näve i luften samtidigt som han slår sig i armvecket med den andra handen.

"Jaså, jaja. Har en inget intresse av det, så spelar det väl ingen roll. Din fru är väl lika glad för det, antar jag."

"Hon är nog mest tacksam", säger Gert när han kommer på att han har ju mazariner med. Det kan han ju bjuda på.

Han reser sig upp, tar fram påsen ur kylen, tar bort påsklämman och viker ner kanterna på plastpåsen. Fyller på vatten i kopparna.

”Jag gillar bittermandel så de kanske är lite starka, men de här har frugan bakat”, säger han.

”Och du törs äta dem?” säger Ulrik med ett snett flin.

”Va?” säger Gert och tar en mazarin.

”Ja, stark bittermandel kan man ju dölja något med …”

Gert stirrar på honom, biter sig i läppen och lägger pannan i veck. Sätter sig tungt ner på stolen igen.

”Fan.”

”Vad?” säger Ulrik och rätar upp sig på stolen.

”Åt du soppan?” frågar Gert.

Ulrik rodnar och ser besvärad ut.

”Tyvärr, jag hade ätit svamp och bär sedan torsdagen då jag gick vilse, så jag glömde den i lastbilen. Längtade så förbannat efter pizza så jag fick låna chaffisens mobil och beställde en.”

”Tror du han åt den?” säger Gert och ser oroligt på Ulrik.

”Hm, tveksamt, han såg inte ut att vara den soppätande typen. Mer biff och pommes, om du förstår vad jag menar.”

Gert nickar.

”Hade din fru kokat soppan med?” säger Ulrik och lägger händerna på bordet.

Gert nickar. Samtidigt tar han upp mazarinen och luktar på den, bryter itu den och synar innanmätet. Det som han brukar älska, lent och mjukt mot gommen, men nu ser han skeptiskt på det.

”Tror du …?” säger han och ser på Ulrik.

”Men tror du verkligen …”, säger Ulrik. ”Har vi inte läst för många Agatha Christie?”

Vi …? Någonting rör sig inne i Gert. När hörde han ordet vi senast, använt så att det även involverade honom.

”Att dölja gift med bittermandel … det gör de i Agatha Christie”, säger Gert. Han nickar och lägger mazarinerna så långt ifrån sig på bordet som möjligt. ”Vi äter dem inte”, säger han bestämt.

”Vi kan ju lägga ut dem till fåglarna, men de äter nog inte bittermandeln, väl …”, säger Ulrik.

Gert skakar på huvudet.

"Hon försöker ta livet av mig, det är jag säker på", säger Gert, och Ulrik ser skeptiskt på honom.

25

Det är ett sorl i teatersalongen, höga förväntningar. Massor med kändisar, högsta eliten från regeringen. Den kungliga logen är full. Det är glitter och glamour, parfymer brottas med varandra om det lilla utrymme som finns kvar i luften, som är tät av spänningen på vad detta ska bli. En omtalad pjäs. Omskriven.

Förundrat har recensenter redan debatterat om det går att skriva om detta heliga, begynnelsen på världen. Eller är det ett för stort ämne för scenen? Borde den ha gjorts på film? Borde det blivit en bok, en tegelsten som Bibeln. Ingen vet.

Musiken börjar spela; fioler, cello och en tvärflöjt. Skådespelet kan börja. Adam och Eva i modern tappning … dramatiken tätnar då Kain och Abel gör entré, och när Abel faller död ner går ett sorl genom salongen.

Minglet efter är fullt av beundran, full med frågor, full med vetskap om vad som hände sedan. Hur Kain och Set gick ut i världen De som inte känner till Skapelseberättelsen ser undrande ut; varför vet man sådant? Hur blev det så?

Men alla frågor kvävs i champagne, i snittar, i skratt och ryggdunkningar. Fantastiskt! Recensenter och journalister har bråttom iväg hem till sina datorer för att få ut den först, komma först ut med vad de tycker. För i detta är det den personliga åsikten som kan häva eller kväva vad världen i övrigt ska tycka.

Jenny hamnar på bild i tidningen med sin far. Cilla har fullt sjå att hålla sig undan men lyckas förstås inte. En bild på henne och Jenny tillsammans med både Thorwald och Veronika hamnar på nöjessidan. Inget som Gert läser, men Ulrik. Och Birgit. Och Gerts arbetskollegor. Jennys patienter.

26

"Du sa att du visste vem den andra kvinnan var?" säger Ulrik när de klättrat upp i jakttornet båda två.

Lite trångt är det, men konstigt nog tycker inte Gert att det är så farligt. Det är ovant, men det känns bra.

"Jag har följt efter dem", säger han och ser genom kikaren.

Han ser inget mer än dimman som ligger kvar efter regnet.

"Jaha ja, kände du igen henne då?" säger Ulrik och rätar ut sina långa smala ben så gott det går.

"Jo, jag gjorde det." Gert ställer ifrån sig kikaren, ser på Ulrik och nickar. "Min psykolog, Jenny Sjöö."

"Vänta här nu, du går hos en psykolog och hon har ett förhållande med din fru? Det ... är ingenting du bara fått för dig, eller varför går du hos psykologen?"

Ulrik skakar på huvudet för det här var lite underligt, till och med för hans del.

"Jag vet att det är hon, jag har följt efter dem sa jag ju! 'Fått för mig'? Jag är inte galen!"

Gert blir upprörd.

"Förlåt, men varför går du dit då?"

"För att jag kan. Det började med friskvårdspengen från jobbet. Sen kom jag på att min fru gick där, eller gjorde. De träffades nog där. Sedan har jag gått dit bara för att ... ha någon att prata med, eller höra om hon skulle försäga sig."

Gert borde se generad ut men för honom är ju det här ett ganska normalt beteende, att hålla koll på var ens fru är. Är väl inget konstigt i det?

"Jaha." Ulrik ser förvånad ut. "Har hon gjort det då?

"Nej, men jag ser på henne ibland, när jag pratar om Cilla ...", han nickar, "... att hon rodnar, att hon tänker ..." Han skrattar. "Men de sista gångerna nu förstår du", säger han ivrigt, "... så har jag börjat prata om att jag tror att min fru har ett förhållande med min chef.”

”Med din chef? Vad säger hon då?”

”Hon frågar en massa; om vi ligger med varann, om vi umgås … Det är så patetiskt att se hennes rädsla för att bli påkommen. Hon undrar varför vi inte skiljer oss! Haha!”

”Ja, varför gör ni inte det?” säger Ulrik och ser oförstående ut. ”Idag är det väl inget konstigt, vart enda par skiljer sig ju.”

Gert bara ser på honom. Skakar på huvudet.

”Du förstår ju ingenting. Om jag inte har Cilla, vad har jag då?”

Ulrik rycker på axlarna:

”Du har henne ju inte …”

Gert blir tyst, ser bort genom dimman som börjat lätta. Det sitter en hare nere vid stigen där de kom från. Han lyfter öronen och lyssnar, så skuttar han iväg. Och är borta.

”Om inte jag har henne … då ska ingen annan ha henne heller.”

”Du menar väl inte …”

”Jo, jag ska döda henne.”

27

Det fanns en baktanke med sviten på Grand. Efterfest. Bara de närmaste, trettio sådär – skådisarna, scenarbetarna och familjen. Inklusive chauffören Joakim, som verkar mer familjär än vad en vanlig chaffis borde vara. Han är mer som en allt-i-allo till Veronika, hennes högra hand. Eller?

Jenny försöker bli ensam med honom för att kunna fråga hur det är att bo i hennes flickrum, till exempel, men det är inte lätt att få honom avsides. Han fyller på glas, han ler, han pratar och far runt mellan alla, precis som att han känner på sig att hon vill någonting.

Men till sist ursäktar han sig och går till badrummet. Hon ställer sig utanför, som att hon står i kö. Ensam i kö. När han kommer ut hajar han först till, men sedan spricker han upp i ett leende.

"Jenny!" säger han med lismande röst.

"Vem är du?" frågar hon rakt på sak.

"Å, jaha, är det till att vara lite sotis, kanske? Har jag kommit för nära dina älskade föräldrar?" säger han med det där jävla flinet.

Jenny blir – inte arg, men irriterad. Det där är inget han vet något om. Hon öppnar toalettdörren och puttar in honom. Hon låser dörren och sätter sig i rottingfåtöljen som står under en palm i ena hörnet. Hon anvisar honom att sätta sig vid sminkbordet. Han ler fånigt, men sätter sig.

"Min relation till dem vet du inget om, och du ska inte bry dig heller. Men jag har all rätt att veta din relation med dem. Vad du gör och vad du är ute efter, egentligen."

Han stryker sig över det mörka håret, ser på henne och suckar.

"Jag önskar att jag kunde säga att jag är den förlorade sonen som Thorwald fick innan de träffades. Men tyvärr, han är död."

Det blir tyst. Jennys hjärna går på högvarv. *En son? Död? En bror?*

"Berätta."

"Han föddes utan din fars vetskap, han och jag stod varandra väldigt nära. Vi var kusiner ... uppväxta ihop som bröder ..."

Han ser på Jenny att hon hänger med. Hon nickar.

"Följdes åt genom skolan, lumpen och sedan tog vi värvning i FN. Vi hamnade i Afghanistan. Det var för jävligt." Han skakar på huvudet och nyper sig om näsroten. "Han gick på en mina, en riktig mina alltså. En stor. Sprängdes."

"När var det här", nästan viskar Jenny.

"Tre år sedan nu, han var befäl och … Niklas var i en minröjningsgrupp, och det här skulle absolut inte få hända."

"Men varför visste inte pappa, att han fanns?"

"Hans mamma ville inget säga, det var bara en sådan där *one night*, du vet … De var nog inte ämnade för varandra, och det var ju innan Veronika."

"Okej, men ändå … När fick pappa veta? Varför berätta nu då han är död?"

Jenny försöker förstå.

"Det var lite strul att få hem honom, kroppen alltså. Det var oroligt där och allt strulade. Så hans mamma, min moster alltså, visste ingen annan råd än att be om hjälp. Då kontaktade hon Thorwald."

"Och han visste inget om honom? Blev han chockad?" säger Jenny och ser på Joakim.

Han ser tagen ut av att prata om detta, hon förstår att de stod varandra nära.

"Nej, han visste inget men blev inte heller chockad, han kom ju ihåg henne. Även om de bara hamnade i säng en gång så kände de varandra, Lena och Thorwald alltså. Tror de gått teaterskolan ihop."

"Jaha ja, och där kan nog vad som helst hända. Dessa fria själar …", säger Jenny med ett leende.

"Exakt, precis vad jag tror med."

"Men det förklarar ju inte varför du är här?" säger hon och lägger huvudet på sned.

"När jag kom hem från Afghanistan tog Thorwald kontakt med mig, Lena hade berättat om mig. Niklas och jag var ju alltid tillsammans, ända sedan vi var små. Jag hade varit utomlands i nästan tio år och hade ingenstans att bo, inget jobb … så han erbjöd mig. Säkert ett sätt att komma närmare sin son …”

”Var du och Niklas ett par?”

”Inte som du och Cilla, vi var ju kusiner! Men vi hade gått i döden för varandra, vilket han gjorde …” Joakim böjer ner huvudet, suckar och ser på Jenny. Tårar tränger upp i hans ögon. ”Han var som en storebror”, säger han.

Jenny nickar, funderar. Det var ungefär då som de började höra av sig och undrade hur hon hade det, erbjöd henne mer pengar, flera saker, tavlan hon har på jobbet kom då … Dåligt samvete av att inte hålla kontakten med sina barn, innan de dör? Troligtvis.

”Han var som en storebror för dig?” säger hon och Joakim nickar. ”Så då är du det närmaste en bror jag kommer att få då”, säger hon och reser sig upp.

”Om du vill ha mig så ställer jag upp på det”, säger han och reser sig och håller ut armarna som en inbjudan till en kram, vilket hon accepterar.

28

Ulrik har sprungit maraton femton gånger. Det är på 42 kilometer tillsammans med andra. Att han springer är dels för gemenskapen som han har så svårt med. Då är han *med* fast ändå inte. De är en grupp med individuella satsningar. Och så är det en bana, snitslad, och han kan följa efter andra.

När han kommer för sig själv tappar han totalt orienteringen. Så det var inte första gången han sprang vilse där i skogen vid Gerts stuga. Men det var första gången han glömt mobilen. Inte för att han har någon att ringa till, men det finns GPS i den.

Ulrik är 197 centimeter lång, han syns. Som en flaggstång vajar hans smala lekamen ovanför andra då de till exempel går på en trottoar på väg till bussen. Eller då han står i kö på ICA. Vilket han sällan gör, han försöker undvika sådana situationer så ofta han kan.

Därför jobbar han på museum, som arkivarie. Han sitter ner. Arkivet ligger i källaren och det är bara han som jobbar med arkiven. Han sorterar in papper som ska arkiveras och plockar fram det någon söker. Det finns huslängder och kartor sedan 1300-talet i hans arkiv.

Han har samma ordning på sina kartor som Gert har på sina, på sitt kommunkontor. Gert gör nya och Ulrik arkiverar de gamla. Att Ulrik klarar detta trots sitt obefintliga lokalsinne beror på att allt sparas i bokstavsordning. A börjar vid dörren intill arkivrummet och så följer det, ja i bokstavsordning, till bortre väggen. Inte så svårt.

Att dessa två mötts måste ändå ses som ett tecken, en styrning av högre makter. De har samma perfektionistdrag, samma ordningssinne, och en enorm förkärlek för kartor. Ulrik vet dock inte vad som är söder eller norr, om det inte står utmärkt på dem.

Idag är de ute på research. Gert kör sakta samma väg som Cilla cyklar till och från jobbet. Han försöker få Ulrik att memorera vägen, så nu är det åttonde gången de kör och kanske att Ulrik känner igen Coopbutiken som ligger i hörnet där Cilla svänger till vänster.

Det är där det ska ske.

29

Självklart måste ju Jenny prata med Thorwald. Hon är ju inte bara hans dotter, hans enda barn, hon är psykolog också. Hon vill veta hur han har tacklat detta, mer än att ge henne ny bil och en tavla värd en halv miljon. Och vad säger mamma om det? Hon verkar ju ta det med ro, och det ligger väl i hennes natur att göra det. Hon bryr sig mest om fyrkanter, darriga streck och konturer av nakna kroppar.

Så när de flesta gästerna börjar troppa av framåt tvåtiden och Cilla har somnat, bjuder hon sina föräldrar till ett sista glas innan de ska lämna sviten för att bege sig hemåt i baksätet på bilen, som rattas säkert av den före detta FN-soldaten.

”Niklas och Lena?” säger hon och höjer sitt glas.

Thorwald ser på Veronika och Veronika ser på Thorwald. Sedan ser de på sin dotter, höjer sina glas och instämmer.

”För Niklas och Lena.”

Veronika sätter ner sitt glas och ler mot Jenny.

”Så bra att någon berättat för dig. Joakim? Då behöver vi inte hålla på och låtsas. Det här var långt före både min och din tid, så det är bara tragiskt att han är död. Så fruktansvärt tragiskt. Men vi kände honom inte, så … ja, vad ska man säga. Tragiskt.”

Hon nickar och tar sitt glas igen.

”Förbannat tragiskt”, säger Thorwald. ”Men man får sig ju en tankeställare. Du ska veta Jenny att du betyder allt för oss. Innan med förstås, men … vi kanske har varit lite … ja, lite ego, i vårt.”

Han ser på Veronika med en frågande blick.

”Ego vill jag inte säga, intensiva. Entusiastiska i våra yrken, vårt kall mer än yrke. Det får du förlåta oss för, älskling, det gör du väl?”

Veronika ser på sin dotter med huvudet lätt på sned.

”Jag har aldrig varit arg på er för det”, svarar Jenny. ”Det finns inget att förlåta. Jag ville mest veta hur ni tog det, rent psykologiskt, att pappa klarar av det?”

"Ja, det är inga problem! Nej, det ska du inte oroa dig för. Jag har ju mitt liv, han hade sitt. Att vi fått Joakim nu är en bonus, det är det. Vi får vara tacksamma för honom. Man kan inte gräva ner sig i saker som man inte kan rå på. Saker sker, det är vad livet ger oss. Nej nu ska vi sova, och i morgon ska vi läsa recensioner. God natt mer er", säger Thorwald.

Han tar sin fru i handen och de vinglar iväg mot hallen där Joakim väntar.

"God natt", säger Jenny och suckar.

30

Planen är att Ulrik ska stå utanför Coopbutiken och hålla koll när Cilla kommer på cykeln. Då ska han göra ett tecken till Gert, som sitter i bilen och väntar. De tänker sig cirka femtio meter ifrån. Han måste ju hinna få upp farten innan han helt sonika kör på sin fru.

Sedan är tanken att han ska smita medan Ulrik stannar. Han ska liksom iscensätta en dramatik med gap och skrik, typ: *"Såg ni! En Opel som bara körde iväg ..."* Han ska plantera fel bilder hos de andra som eventuellt såg vad som hände. De vet att om någon säger emot så börjar ögonvittnen tvivla på sin egen bild av vad som hände.

Gert har varit väldigt övertygande när det gäller att detta är det absolut bästa som de kan göra och Ulrik, denna ensamma själ, gör nu vad som helst för att få behålla vänskapen med den finaste människa han någonsin mött.

Att hans hemska hustru försökt döda honom kan han inte för sitt liv förstå, och att hon vore värd något annat än en brutal död finns inte i hans egentligen milda själ.

De kör både en nionde och tionde gång för säkerhets skull innan Ulrik är på det klara med var han ska stå. Gert lovar att han kommer att se honom, där han sitter i den gröna Opeln.

"Gröna Opeln?"

"Nej, jag sitter i min blå Saab, men du ska säga att det är en grön Opel!"

"Just det!"

31

"Så du hade en bror, som dog för tre år sedan?"

Cilla och Jenny är på väg hemåt igen, Jenny kör som alltid.

"Just det, men det gör väl ingen skillnad, egentligen? Ingen som helst, väl … Vi har ju aldrig sett honom, aldrig hört talats om honom, kände honom inte, så … det finns ju liksom ingenting att sörja. Pappa verkade ta så lätt på det … Visst är det konstigt att jag ändå känner mig ledsen?"

"Nej, det tycker jag inte! Man kan väl sörja det som kunde ha varit. En bror som man kunde ha haft en relation med. Varför han inte letade efter er? Han kanske inte visste vem hans pappa var. Det är sorgligt, det kan man sörja."

"Livet är så komplicerat att man inte ens bör tänka på det", säger Jenny. "Man borde ta allt med en klackspark. Som pappa."

"Mm, kanske det. Om han nu verkligen gör det, eller är det dramatik för honom?" säger Cilla och ser ut på landskapet. Det gråa, bruna, murriga. "Vi kanske borde flytta till Bali då, ligga på en sandstrand och dricka Piña Colada hela dagarna. Din pappas dåliga samvete betalar det, vet du."

Hon vänder sig om mot Jenny som kör bilen med blicken riktad mot vägen.

"Kanske det, säger hon, men du tror inte att han, den där, skulle komma efter? Kasta sand i ögonen på oss eller ännu värre, i våra drinkar?"

"Jo, det skulle han säkert", säger Cilla med en suck. "Han skulle väl se till att planet störtade …"

Hon har läst tidningen, sett sin egen bild, hand i hand med Jenny. Själv tittar hon bort medan Jenny ler mot kameran. Och hon undrar hur lång tid hon har på sig innan han sett det. Innan han …? Ja, vad?

"Det bästa är, vet du", säger Jenny. "Det är Joakim, min nya storebror."

Cilla skrattar till.

"Ja, din nya storebror, han ser väldigt bra ut! Vältränad, breda axlar, han har säkert sexpack på magen."

Cilla fnissar.

"Och?"

Jenny låtsas blänga på henne.

"Inget!" Cilla sätter upp händerna. "Inte intresserad, men konstigt att han nöjer sig med att vara privatchaufför till Veronika."

"Äsch, han är ju soldat, FN, varit i Afghanistan. Bland annat. Med bara karlar väl?"

"Ja! Borde han inte vara svältfödd då?"

Cilla ser okynnigt på Jenny och fnissar.

"Du tror väl inte … min mamma!?"

Jenny sätter foten på bromsen och bilen skuttar till innan motorstoppet är ett faktum.

"Jag tror inget", säger Cilla och ler illmarigt.

"Trams, inte min mamma. Men Joakim har lovat att *'ta hand om honom, den där'*. Det var bara för oss att säga till om vi ville ha hjälp."

"Till."

32

Jenny har en ny patient idag. Hon har sökt hit själv, inte på remiss som de flesta andra. Hon sätter sig inte förrän Jenny satt sig ner, då ser hon på Jenny och ler.

"Jag sätter mig i hörnet, bara för det är bekvämast där", säger hon.

"Okej", säger Jenny och vet inte vad hon ska säga om det.

Kvinnan har långt hår, blont med aningen grått i. Det är uppsatt i en knut med gammeldags hårnålar. Ingen snodd som Cilla alltid använder. Hon har en grön linneklänning och en grå handstickad sjal, ett vackert spetsmönster som Jenny undrar om hon stickat själv.

Kvinnan lägger huvudet på sned, ser på Jenny och säger:

"Ja, det har jag. Stickat den själv, alltså."

Jenny blir paff och rycker till så hon nästan tappar pennan.

"Å … äh, vill du berätta vem du är och vad du vill ha hjälp med", säger hon och försöker låta säker, vilket hon inte är.

Vad är detta?

"Jag heter Nancy Halloway", säger hon på nästan perfekt svenska. "Jag kommer från Stonehaven i Skottland."

"Och hur hamnade du här då?"

"Vi hade ett *Bed and Breakfast*, jag och mina systrar. Så kom det en man och jag blev kär, eller han med förstås, och jag följde med honom till Sverige. När det tog slut hittade jag huset här och blev kär i det. Köpte det, renoverade det och flyttade in. Renoveringen är inte klar men jag håller på, lite i taget."

Hon blir tyst en stund och ser på Jenny, som nickar att hon ska fortsätta.

"Jag bor egentligen ensam där, men … de trivs så bra där, de andra", fortsätter hon, "så egentligen är det fullt. Det var de som sa att jag skulle gå hit. Jag behöver prata med levande människor med."

"Vilka är de andra?"

Jenny förstår ingenting: *Det är fullt i huset men hon bor ensam där?*

"Andarna från andra sidan. De berättade att du behövde hjälp. Så jag är här för att hjälpa dig, och Cilla."

Kvinnan lägger upp ena benet över det andra och ler mot Jenny. Då tappar Jenny pennan. Kvinnan böjer sig fram och tar upp den, ser Jenny i ögonen när hon lägger den på bordet.

"Du använder inte den här förrän jag har gått."

Det är så Jenny tappar andan, hur kan kvinnan veta ... att hon aldrig antecknar under tiden utan först efter besöket?

"Du förstår, jag ser det andra inte ser. Jag kan styra det inte andra kan", säger hon och Jenny ryser.

"H... hur menar du?"

Jenny darrar och ändrar ställning i fåtöljen.

"Jag är synsk, vissa skulle kalla mig häxa." Hon ler. "Jag ser genom dimensionerna. Jag kan be de andra om hjälp och jag ser att ni behöver hjälp", säger Nancy Halloway.

"Du är ett medium?" säger Jenny, det vet hon ju vad det är.

"Det kan man kalla mig, men jag är mer än så. Jag ska berätta. I Stonehaven, där jag är född, har min släkt i många generationer kallats för häxor. En anmoder till mig blev bränd på bål redan på 1600-talet. Sedan dess har vi varit mycket försiktiga med att visa vad vi kan, men vårt främsta syfte är att hjälpa kvinnor som är i fara. Vilket ni är, din flickvän mest. Vi måste rädda henne. Ge henne skydd."

Jenny måste resa sig och dricka ett glas vatten, se ut genom fönstret en stund, plocka med sin stickning, innan hon sätter sig ner igen, drar sina händer över låren och knäpper händerna.

"På vilket sätt är Cilla i fara, och hur vet du det?"

"Cilla, och du ... har försökt döda hennes man, två gånger?"

Nancy lägger huvudet på sned och ler.

Jenny rör inte en min, men inuti henne är det kaos.

"Svampsoppa ... jaja, ett bra försök. Sedan något allergen, väl ...? Nu vet han det, och han kommer att göra det samma."

"Det samma ... kommer Gert att försöka döda Cilla?!"

”Ja, jag är säker på det. Han har inte riktigt kommit fram till hur än, men han rekonstruerar och planerar. Men det viktigaste är att jag kan stoppa det.”

Nancy lutar sig bakåt i soffans hörn och ler mot Jenny.

Jenny vet inte vad hon ska tro. Hur kan människan veta det här? Hur skulle hon kunna stoppa det, och hur vet Gert …?

”Gert har fått en vän, och de smider planer. Men vi ska handla fortare än de.”

”Har Gert fått en vän!? Var i hela friden har han hittat den … en katt, möjligtvis”, säger Jenny.

”Nej, snarare något med får”, säger Nancy och drar ihop ögonbrynen. ”Men vännen kom till honom. Bad om hjälp, och sedan kom han tillbaka.”

Nancy ser ut som att hon ser på en film, som att hon refererar vad hon ser. Jenny förstår ingenting.

”Hur ska jag veta att det du säger är sant? Vem har sagt dig det här?”

Nancy reser sig upp, går fram till fönstret och vinkar fram Jenny med. De står där och ser ut en stund på gatan som är grå och blöt av oktoberregnet. Det kommer en pojke och går, han kanske är tolv, tretton år. Blå jacka och skolväska över axeln.

”Ser du?” säger Nancy och Jenny nickar.

”*Drop it, and fall. Drop it, and fall*”, säger Nancy med entonig dov röst, och i nästa sekund tappar pojken väskan och ramlar omkull.

Jenny rycker till men ser att pojken snopet ser sig om, reser sig och borstar av byxbaken, tar väskan och går vidare som om inget hänt. Hon ser på Nancy som ler.

”Du är en *riktig* häxa”, säger Jenny tyst medan kalla kårar går efter ryggen, och Nancy nickar.

”En hjälpande häxa. Men jag hjälper bara kvinnor. Jag vill att ni båda två kommer hem till mig ikväll, så ska jag berätta mer.”

Jenny säger ingenting, hon nickar.

”Var bor du?”

”Förstår du inte det? I Kråkgården …”
”I Kråkhuset …?”
Nancy nickar. Jenny ryser igen.

33

Cilla sitter i soffan med fötterna under sig och kudden i knät. Hon har dragit bort sin snodd ur håret och tvinnar en hårslinga mellan sina fingrar. Jenny går som vanligt runt och plockar, fixar med växterna, plockar in i diskmaskinen.

Hon har berättat om sin nya klient, Nancy Halloway, häxa från Stonehaven i Skottland. En väldigt gammal stad vid Nordsjökusten har hon googlat fram. Hon har berättat om hennes släkt sedan generationer tillbaka och om pojken med skolväskan.

"Men hur kan hon veta? Och hur kan Gert veta?"

"Jag tror hon får syner, eller meddelanden från de andra, jag vet inte."

Jenny viftar ner Sokrates från bordet innan hon sätter sig bredvid Cilla.

"Ett skydd? Ska jag få ett skydd?" Cilla darrar på rösten. Jenny nickar. "Hur då?"

"Jag vet inte, vi ska vara hos henne vid sjutiden, vi kanske ska ge oss iväg."

Hon ser på klockan. Det är hög tid.

De kör in genom de rostiga järngrindarna, hade det stormat hade de gnisslat i vinden. Staketet har rasat på ena sidan och trädgården är misskött sedan årtionden. Gamla kroknande äppleträd, rabatter som inte finns längre och en stig genom gräset som begravt grusgången för längesedan. De kliver ur bilen, ser sig om.

Huset, den gamla gistna träkåken med vinklar och vrår, ger ingen behaglig känsla såhär i höstmörkret. De tar varandra i hand och Cilla ryser. Konstigt att det inte åskar och slår blixtar.

"Hur kan man vilja bo här?"

Cilla ser upp på Kråkgården ...

Kråkgården eller Kråkhuset – ingen vet längre vad det rätta namnet är – som Cilla hört spökhistorier om sedan hon var liten.

Hur det spökade här; mannen som hängde sig på vinden för hundra år sedan, Vita damen … alla dessa rykten om huset. Hur rädda de var när de cyklade hit av nyfikenhet, som barn gör. Drevs dit av nyfikenhet fast de var så rädda.

Trappan är trasig och lappad med puts, pelarna ser ut att vara på väg att falla ihop, och med dem en del av övervåningen som sträcker sin vinkel över en bred veranda. Det enda som verkar vara lagat är taket. Svart plåt som liknar tegelpannor.

Det lyser svagt i fönstren och de går sakta och motvilligt upp för trappan. Cilla ska till att knacka på dörren men den glider upp som av sig själv. De ser på varandra och går in, Cilla först och Jenny efter. Hon stänger dörren efter sig och försöker se i den skumma hallen. Det är helt tyst.

"Hallå!?" ropar de, men ingen svarar.

De ser sig om i den stora hallen, full med tavlor på väggarna som består av mörk träpanel. Gamla målningar med naturmotiv. Skog, älvar, kust där havet stormande slår mot klipporna. Mörka och kusliga. Mitt i den stora hallen står ett stort bord i mörkt trä. Åtta höga stolar inskjutna under. Cilla tänker på *Familjen Addams*, bara asken med Handen saknas.

Det känns som det borde sitta människor där i långa klänningar, med uppsatt hår och krås runt halsen. Precis de som är på fotografierna som står utställda på bordet. De ser på dem. Kvinnor, barn, familjer. Gamla foton på människor som är borta för längesedan.

Det ligger en björnfäll på golvet framför en stor soffa, och det stora huvudet med sina stirrande ögon får Jenny att rysa. De tar varandra i hand och går genom rummet. Det är fyllt med saker högt och lågt, på byråer, i hyllor.

De puttar upp en dörr som står på glänt och ser att den leder till en korridor. Det hänger en naken glödlampa och lyser i en sladd från det höga taket. De går sakta in där, ser på varandra för att ge varandra mod.

De hoppar högt när det skramlar till, som att någon tappar en kastrull. De drar efter andan samtidigt men går sakta mot ljudet som kommer från ett av rummen.

"Där är ni ju", säger Nancy då hon får syn på dem. Hon ställer ner en form på bordet. "Välkomna! Sätt er, jag har gjort mat."

Hon skickar igen ugnsluckan med en smäll så de hoppar högt, igen.

"Så fint du bor", säger Cilla. "Men det är lite kusligt här."

"Tycker du", säger Nancy och skrattar. "Nja, det är nog bara husets rykte. Hette det Djurgården eller Hönshuset skulle nog ingen bry sig. Eller vad tror du?"

"Kanske", säger Cilla och tänker på *Djurkyrkogården*, den gamla filmen, och hon känner sig som en skolflicka – liten, rädd och illa till mods.

Hon ser sig om i det stora köket, det är toppmodernt. Med svarta luckor och rutigt golv, rostfritt stål i alla maskiner. Dock är köksbordet nästan lika stort som bordet i hallen, och runt det står sex stolar med höga ryggstöd, precis som taget ur *Familjen Addams*. Hon undrar fortfarande när Handen ska dyka upp.

De sätter sig och Nancy lägger för dem av grönsaksgratängen medan hon ber Jenny hälla upp vin. Hon odlar allt på gården, hon vill helst äta sådant hon drivit upp själv.

"Det är ekologiskt och närproducerat", säger hon och skrattar.

Stämningen lättar då de börjar äta. De dricker vin som Nancy gjort på äpplen från trädgården, det är sött och nyanserat. Kan var krusbär i också.

"Köket är jättefint", säger Cilla. "Har du renoverat allt själv?"

"Det mesta, lite i taget. Det är inte färdigt, om det någonsin blir det", säger Nancy.

"Berätta", säger Cilla när hon mätt och avslappnad lägger ifrån sig besticken, skjuter undan tallriken och fyller på sitt glas.

"Kom, vi sätter oss ute i rummet."

Nancy reser sig upp, tar med vinflaskan och går före ut till den stora hallen. Där sätter de sig i soffan innan Nancy berättar:

"Jag kommer från en släkt med många häxor", säger Nancy och skrattar.

"Det berättade Jenny."

Cilla smuttar på vinet och lutar sig tillbaka för att lyssna.

"Jag känner och jag ser det andra inte ser. Jag får bilder av saker som ska hända, och jag kan stoppa det. Och, jag kan få saker att hända."

"Som pojken med skolväskan", säger Jenny och Nancy nickar.

"Men vad ska hända mig?" frågar Cilla.

"Jag såg dig", säger Nancy och ser på Cilla. "Du var på ditt arbete. På vårdcentralen. Din man kom in och ... var obekväm. Jag såg din rädsla, men också din beslutsamhet. Att göra slut på honom. Så såg jag Jenny med sin stickning, och er båda i svampskogen – såg er koka soppa och sedan baka kakor. Men sedan såg jag din man sitta och se på kakorna, bryta dem i smulor – och sedan hans beslutsamhet. Att hämnas. Vi måste lägga ett skydd om dig."

34

Precis så tänker Thorwald och Veronika med då de pratar om vad Cilla får utstå. De kan inte ändra på hennes make, men de kan skydda henne. Så de kallar upp Joakim på ett informellt möte. Bara de tre är involverade i denna konspiration, som ska till att starta när som helst från och med nu.

"Vi får se till att få ihjäl fanskapet."

Thorwald låter väldigt beslutsam medan Veronika går fram och tillbaka med armarna i kors framför sig.

"Vi kan inte bara skjuta skallen av honom, det måste ske med finess."

Veronika tänker sig fina linjer som darrar lite på handen.

"Lämna det till mig, jag tar hand om det", säger Joakim som inte vet hur många liv han egentligen har på sitt samvete, om ens något.

Han har följt order, men om han siktat på eller bredvid är en samvetsfråga som än så länge ingen ställt till honom. Ett planerat mord här är verkligen något annat.

Med detta inleds operation "Kod tre sju". Det är lättare att låtsas att detta är ett militärt uppdrag. Det kanske gör att han kan sikta rakt på. Kanske kan han blunda under tiden.

Med solglasögon, öronsnäcka och pistol i hölster i armhålan, ja, strax under där, är han redo att börja uppdraget. Med en enkel sportbag med kläder beger han sig med hyrbil, en grön Opel, till staden Aspnäset där Cilla och de övriga i denna häpnadsväckande berättelse bor.

Han tar in på Stadshotellet som snarast liknar ett enstjärnigt hotell om man jämför med Grand, men det är nog dumt att göra det. Jämföra alltså. Hotellet är rent och fullt funktionellt, trots att det har stenhård säng och ont om varmvatten efter klockan sex på kvällen.

När han installerat sig byter han om. Han kan inte vistas här i Aspnäset i märkeskostym, han vill vara lite mer osynlig. Så i jeans, sneakers, huvtröja och keps ger han sig ut på stan, han måste lära känna den. Lära sig att hitta.

Först tar han sig till området där Cillas och Gerts gemensamma lägenhet ligger. Ett trist område med trevåningshus i gult tegel. Det finns inte ens balkong i det hus där han lokaliserar att de bor, på andra våningen.

Sedan tar han sig till Stadsparken där han kan ha uppsikt över Jennys lägenhet. Han finner en bänk strax bortanför, där Gert brukar stå om kvällarna, vilket inte Joakim är insatt i. Än. Han sätter sig där en stund och ser sig omkring. Tar upp sin mobil och tar några snabba foton. Varför vet han inte, men det känns väldigt rätt att göra det.

Så åker han förbi Jennys arbetsplats, stannar till på en femminutersparkering och går fram och läser på skylten som sitter vid porten. *Jenny Sjöö Psykolog.* Det finns även en tandläkare i samma trappuppgång.

Han har sett tillräckligt. Sätter sig i bilen och kör enligt GPS mot sjukhuset. Han parkerar på den stora besöksparkeringen och går en sväng. Går in på kafeterian och beställer en kaffe och en ost- och skinkfralla. Sätter sig vid fönstret och ser sig om. Känner in.

Det rör sig mycket folk, ingen som uppmärksammar vare sig honom eller någon annan. Alla har fullt upp med sig och sitt. Är de sjuka själva eller besöker de någon? Eller arbetar de här, som Cilla?

Han kan inte fota men han sitter med mobilen och scrollar nyheterna, Facebook och Instagram. Bara för att se lite upptagen ut. För vad han ska göra här vet han inte själv. Det är ju liksom Gert han borde söka reda på.

35

Nancy berättar att det är en ritual som måste utföras för att ge Cilla det skydd hon behöver. Egentligen tycker Cilla att de borde satsa på att få ihjäl Gert i stället men Nancy intygar att man inte kan använda energierna på det viset, det kan vara väldigt farligt.

"Det är farligt att bli mördad."

Cilla ser allvarligt på Nancy och sedan på Jenny för att få medhåll. Hon ler bara.

"Det kan vara farligt för den som använder mörka energier. Man kan fastna i dem. De är inte att leka med."

"Men soppan, var det mörk energi?"

Cilla lägger huvudet på sned och hennes ögonbryn dras ihop.

"Inte själva soppan, men tanken med den. Handlingen är energi. Och … nu kan du råka illa ut. Hatet har smittat, de mörka energierna slår tillbaka mot dig. Förstår du?"

"Att det är av det mörka som han ska … döda mig nu?"

Cilla reser sig upp så stolen nästan vippar. Att hon själv skulle ha dragit till sig de mörka, onda krafterna genom sitt eget hat? Hon sätter händerna på sitt eget huvud och går ett varv runt bordet.

"Mm, du förstår hur farliga de krafterna är. Men nu så gör vi såhär", säger Nancy och reser sig upp och lägger sina händer på Cillas axlar. "Jag slänger en cirkel runt dig, vi märker ut öster om måne, väster om stjärnorna och offrar vin och kakor. Så drar vi upp den skyddande cirkeln runt dig. Då kan ingenting hände dig. Tro och vetskap om att detta fungerar är det viktigaste. Du måste vara helt övertygad om att inget kan hända dig, då gör det inte det."

Cilla förstår inte. Nancy får förklara igen men lovar att hon kommer att märka, känna, att hon har den skyddande cirkeln omkring sig. Att hon måste tro att det fungerar. Tro är det starkaste i de ljusa energierna. De tänder ljus, dricker vin och äter små fina kakor. De måste vara lugna och känna sig trygga innan de börjar, vilket är lättare sagt än gjort. Helst när det skriker till så de hoppar högt.

"Vad var det?" utbrister Cilla och blir helt stel i kroppen.

Det är tillräckligt skrämmande det här ändå, utan en massa ljudeffekter. För det är vad hon tänker att det är, som på film.

"Ra!" ropar Nancy, och en stor svart fågel kommer ner från trappräcket.

"Men Gud …", mumlar Jenny och tar Cillas hand.

"Detta är Ra, döpt efter solguden. Han är en korp, vishetens budbärare. Han ska vara med och stärka krafterna."

"Är han … är han … tam", viskar Jenny både av rädsla och nyfikenhet. Hon har bara sett korpar på bild, aldrig i verkligheten. Den är ju så stor!

"Han är tam. Jag har fött upp honom, han trillade ur boet som liten."

Han ser på Jenny och Cilla, lägger huvudet på sned och så låter han, som en korp … orp, orp.

"Var hälsad", säger han, översätter Nancy. "Nu börjar vi."

Nancy börjar slå på en trumma. Den är som en stor tamburin av skinn, ljudet blir dovt när hon slår handen mot skinnet i en jämn rytm. Rökelse doftar och sprider rök som sirliga slingrande ormar mot taket, och Jenny häller upp vin i en stor silverbägare.

Det är ett allvar i rummet, det går som ett sus. Det är så de kan ta på de starka energierna som skapats av trummandet, och Nancy börjar att rabbla en sejd. Hon kan den utantill men Cilla förstår inte ett ord.

Ändå känner hon hur orden går in i henne. Orden går in genom hennes hud, sprider sig i hennes kropp och fäster sig som små sköldar som ska skydda henne mot allt ont. All sorg. All skada som någon kan åsamka henne. Hon känner hur hon nästan lättar från golvet, hur alla dessa sköldar bär henne.

Nancy läser och slår på trumman. Ra hoppar ner och sätter sig i cirkeln där Cilla står. Han gör ingenting, bara sitter där. Som att han visste, förstod vad det var som hände. Vilket är mer än Cilla gör. Jenny räcker fram silverbägaren till Cilla som hon ska dricka ur. Hon tar en klunk och ger tillbaka den till Jenny.

Cilla står och blundar, hon är yr men känner sig trygg. Hon känner hur cirkeln sluts om henne och Jenny häller vin över hennes fötter. Ra flyger upp och sätter sig på Cillas axel. Han lutar sig mot henne.

Hon hör en melodi i huvudet, en slinga så vacker. Tonerna rinner som vatten, stiger som solen över ett berg och faller ner i en dal, över berg igen och ut i havet, där delfiner möter upp. De för henne ner i djupet. De skyddar henne och ingenting, ingenting kan såra eller skada henne. Hon är säker i sin kropp. Hon är av titan.

Nancy slår ett hårt slag på trumman och Cilla kommer till sans igen. Jenny tar hennes hand och de sätter sig i den gamla soffan, den är sliten och doftar starkt av rökelse.

Ra sitter på ryggstödet och ser på dem. Följer dem med blicken. Cilla lägger sig med huvudet i knät på Jenny, som stryker henne genom håret. Snodden har fallit av. Nancy sätter sig på golvet framför och ger Jenny ett glas med vin.

De säger ingenting. Nancy har öppnat fönstret och den svala nattluften sveper in med friska dofter och ljudet av ett duggregn. De sitter så tills det första morgonljuset nalkas. Då går de upp och gör frukost. Äter ägg, gröt och bröd och dricker örtte, innan de åker hem.

Cilla känner sig så stark att inget kan hända. Om Gert kommer in på jobbet och skriker ska hon bara gå förbi honom, fnysa och skratta. Hon känner hur skrattet redan nu bubblar inom henne. Hon ligger i Jennys säng och fnissar sig till sömns.

Jenny är orolig, tänk om … men hon vet att hon inte får tänka så. Det var så starkt. Allt som Nancy berättade om den vita magin, om häxorna i hennes familj. Allt vad de åstadkommit genom generationer, allt de lärt. Som Nancy hade lärt av sin mor och mormor, som de hade lärt av sina mödrar. Det var en helt ny värld för Jenny, men ändå inte.

Jenny vet hur invecklat en människas psyke är, hur vi kan tänka och hur olika beteenden kan få fram det vi faktiskt önskar. Som Maslows hundar ... Men detta är något helt annat. Att kunna kasta cirkeln och ge skydd. Att få energier att samlas som ett skal så inget ont kan drabba den som står i ringen, det vore ju fantastiskt. Och hon lovar sig själv att tro, hon måste tro, för Cillas skull. För sin egen skull. För hur skulle hon kunna leva om något hände Cilla?

36

Joakim har tagit sitt förnuft tillfånga och letat upp Gerts arbetsplats, och därifrån följer han honom som en skugga men på säkert avstånd. Han kör till museet och plockar upp en väldigt lång och smal man. Sedan kör de iväg.

Joakim blir inte klok på vad de håller på med, har de sett honom? Håller de på att försöka skaka sig av honom? Men varför kör de då samma väg? Han tappar räkningen efter sex varv. Samma runda; förbi Gerts lägenhet, vidare till sjukhuset och sedan ner mot centrum, förbi en Coopbutik som de verkar vara extra intresserade av – för där stannar de och står och tittar fast det inte kommer några bilar från andra hållet. Så kör de vidare igen.

På nästa varv svänger de åt andra hållet och parkerar. Står där en stund. Joakim håller sig hundra meter ifrån men har sin mini-super-de-lux-kikare med sig, så han ser vad de gör. Ingenting. Sitter där i bilen bara och tittar på butiken. Har de tänkt råna den?

Vad i helvete, är det ett par smågangsters han har råkat på? Råna en Coopbutik … vad skulle det kunna ge jämfört med en värdetransport? Joakim skakar på huvudet när Saaben kör iväg igen.

De kör samma runda två varv till innan de åker till museet, och den långe mannen kliver ur och vinkar då Gert kör iväg. Den långe går inte in på museet utan i porten mitt emot. Efter en stund tänds en lampa i fönstret på nedre botten. Bra, då vet Joakim var den långe bor. Joakim står kvar en stund. Han är mäkta förvånad och undrar vad det ska bli av det här.

Han kör förbi Gerts lägenhet, och där står Saaben. Det syns att teven är på, det fladdrar liksom i fönstret, så Joakim gör det bekvämt för sig. Han har en termos med kaffe och en påse kanelbullar. Han sitter där och lyssnar på en ljudbok om en ilsken kärring som ska åka till Australien, när lyset släcks hos Gert.

Ska han lägga sig redan, tänker Joakim, men strax kommer Gert ut och ser sig om innan han tar bilen och kör iväg. Joakim är bara en liten bit bakom. De kör sakta ner mot centrum, parkerar bredvid Stadsparken och så går Gert in i parken. Joakim gör det samma. Han stannar en bit ifrån, ser hur Gert står vid häcken som skiljer parken från gatan. Där står han och spanar upp mot Jennys lägenhet.

Joakim tar upp sin lilla spionkikare igen men ser inte in till Jennys lägenhet från platsen där han står, och han törs inte gå närmare av rädsla för att bli upptäckt av Gert. Och vad skulle finnas att se där liksom, de ligger väl i soffan och ser på teve.

I flera timmar blir de stående. Strax före halv nio går Gert tillbaka till bilen och kör hem igen, precis som om ingenting hade hänt. Joakim sitter kvar i bilen, ser hur lampan tänds i Gerts lägenhet, troligtvis i köket och sedan i badrummet. Han sitter kvar tills det är mörkt i alla fönster. Kör sakta och fundersamt tillbaka till hotellet.

Han klär av sig, duschar och lägger sig i bara kalsonger på sängen. Scrollar på mobilen och skriver ett sms till Thorwald, den dagliga rapporten.

37

Ulrik står och trampar utanför Coopbutiken, ser på klockan. Ser bort mot bilen där Gert sitter. Han får inte vinka till honom, fast det skulle kännas så mycket bättre att få göra det. Bara en liten bekräftelse på att de är här tillsammans. Att de gör detta ihop. Det här är något helt annan än att springa maraton ihop med tusen andra, det här är ju Ulrik och hans vän. Hans bästa vän. Han ler för sig själv och påminner sig om att det inte är Gert han ska spana efter, utan det är Cilla. På den röda cykeln.

Joakim sitter på ett café rakt över gatan från Coop. Han förstår inte att den långe bara står där om de ska råna butiken, han borde väl ha rånarluva? Och den andre token sitter i bilen, femtio meter därifrån? Finns det flera kumpaner i deras rånarliga, eller vad håller de på med?

Han smuttar på kaffet, bränner sig på tungan, svär till men låter det bero, det måste hända något snart. För visst är det väl nu det händer? Han sitter beredd med telefonen, om inte annat kan han kanske få en bra bild till Aftonbladets tipstelefon.

Gert sitter med blicken fäst på Ulriks arm. När han lyfter den ska han lägga i ettans växel och gasa, sikta på cykeln med Cilla på, och så slänga i tvåan och köra iväg så fort han kan. Han tittar på klockan, när som helst nu. Hon borde komma när som helst nu.

Han håller hårt i ratten, ser hur Ulrik tittar mot honom. *Inte på mig, se efter henne.* Det är som Ulrik hör honom, för han vänder sig om och ser bort mot andra vägen där Cilla ska komma på cykeln, se sig om och köra rakt över vägen. Och då ska han vara framme vid korsningen ...

Ulrik spanar men ser ingen cyklist över huvud taget. Han suckar och tvivlet börjar sätta in, är det verkligen så bra detta? Men så kommer han ihåg, svampsoppan, mazarinerna ... och det är precis då som

Cilla kommer. Trampande lugnt men taktfast på den röda cykeln. Han ser hennes hår blåsa i vinden bakom henne, står en sekund, två. Innan han som i slow motion vänder sig om, sätter upp handen och slår den ner, precis så som han sett på teve hur de gör i motorsport när de kör i mål. Han önskar att han hade haft en svart- och vitrutig flagga.

I ögonvrån ser han Cilla komma närmare och han ser hur den blå bilen börjar röra sig. Han tar ett steg bakåt och ser hur de närmar sig varandra. Det är mikrosekunder det rör sig om, men för Ulrik är det som att livet passerar revy. Han ser sig själv som liten pojke i skolan, hur de andra knuffar honom. Hur de skriker åt honom, bräker som får, skrattar.

Han ser sig själv utan studentmössa när de andra springer ut men inte han, hur han tar sin mössa i handen och går ut bakvägen. Hur de skrattar åt honom när han mönstrar, för inte kan man ha en flaggstång när fienden kommer ...

Joakim tror inte sina ögon. Han ser Cilla komma på cykeln och hur Gert accelererar med bilen. Han ser den långe backa undan. Vad i helvete, ska de köra på henne?!

Han reser sig upp så fort att kaffekoppen skvimpar över och snubblar över en barnvagn som står mitt i gången. Han håller sig dock på benen men svär en harang så att mammorna som sitter där med sina små blänger på honom och håller för öronen på barnen. Han kommer ut samtidigt som den blå Saaben svänger upp på refugen. Han kan inget göra, bara se på.

Med det krasande ljudet som hörs då bilen kör rakt in i refugen, stolpen med skylten "förbjuden vänstersväng" viker sig och Saaben med Gert i kör rakt in i trappan på Coopbutiken, tar Ulrik sig tillbaka till verkligheten.

Han ser hur Cillas hår fladdrar bakom henne då hon cyklar vidare som om ingenting hade hänt. Tafatt står han bara där. Innan han hör folk börja skrika att *vad fan gör idioten!*

Joakim backar bort från scenen, går och sätter sig i bilen och ringer till Thorwald.

38

Ulrik springer fram och försöker öppna dörren till Gert men den sitter fast. Han rycker i den men nej, han får inte upp den.

"Du ser väl att trappräcket är för", säger en kvinna som står bredvid.

Han ser upp på henne och sedan på trappräcket som vikt sig framför förardörren. Det är en stor reva i dörren, fönstret är krossat och där innanför sitter Gert och ser på honom. Hans tårar rinner, blod rinner från vänstra sidan av huvudet och glasögonen hänger på snedden.

Det kommer ut en man i grön rock och viftar med armarna. Det är hans butik, han skriker att det är hans trappa. Hans räcke.

"Vad har du gjort med mitt räcke?" skriker han till Gert.

"Det är min vän", säger Ulrik så lågt att ingen hör.

Så hörs sirener och räddningstjänsten kommer. En ambulans och en brandbil. Ulrik tycker brandbilar är fina men är rädd för dem, så han backar undan. Han vill inte vara delaktig i vad som händer, inte vara bland allt folk.

"Vi måste ha hit bärgaren, måste dra ut bilen från trappan innan vi kan öppna", ropar en av brandmännen.

Ulrik backar undan ännu en bit, står en bit ifrån och ser på kalabaliken och tänker på Bender. När Karl den tolfte försvann med tusentals mannar till Turkiet. Kände han sig ensam då? Han var väl inte ett med mannarna?

Och när turkarna tröttnade på dem och skulle köra ut dem? Hur kände han sig då? När kungen föll och blev infångad? Kände han sig som Gert nu, som sitter instängd i sin bil oförmögen att komma loss eller gömma sig för glåporden?

Människor har samlats och står och spekulerar om föraren var full eller bara helt dum i huvudet. Om han pratat i mobilen, eller kanske rent av sett på film. *"Haha. Tiktok va! Hade bråttom in på Coop ... tog trappan i ett svep. Haha."* Att ägaren skriker åt dem att gå därifrån, att han ber polisen säga åt dem, hjälper föga. De pekar finger och flabbar.

Till sist ser Ulrik hur de klipper upp taket på Gerts bil. Ulrik tänker att det var bra att han inte hade en Volvo, det hade varit synd att förstöra den. Han ser hur de böjer upp taket, får ut Gert och lägger honom på båren. Det blöder från hans huvud, det har runnit ner på hans beigea kavaj, Ulrik undrar om den går att tvätta. Han höjer handen och vinkar när ambulansen kör iväg och bestämmer sig för att köpa en ny kavaj till Gert, bara han överlever.

”Kom ambulansen nu?” undrar Thorwald när han hör sirenerna.

Han har egentligen inte tid med det här. Han är mitt uppe i ett nytt manus och vill inte bli störd.

”Ja, och räddningstjänsten. De måste nog klippa upp taket”, säger Joakim och tar några foton samtidigt som han refererar för Thorwald vad som sker.

”De tar honom till sjukan. Kan du kolla upp om det finns någon ingång för dig att avsluta ärendet där?”

”Okej, operation Kod tre sju återupptas, *over and out*”, säger Joakim som vill följa dramat på närmare håll.

Men han kör inte närmare, han tar upp den lilla kikaren. De klipper upp taket efter mycket om och men. Han börjar bli pinknödig, ångrar kaffet han drack på fiket. De ska ju till sjukan, jag kan åka i förväg, tänker han. Så tar han ett par foton till innan han sakta rullar iväg mot sjukhuset.

Han hinner precis på toaletten innan ambulansen kommer och kör in i akutgaraget. Han sitter strax bortanför på en stol och pillar otåligt på mobilen. Ser på sitt armbandsur som har fler funktioner än vad som någon kan tänkas behöva och ser sig om, bara för att se ut som att han väntar på någon som ligger inne på Akuten. Som oftast tar så ofantlig tid och är förknippad med stor oro och ångest.

När de fått in Gert går Joakim en sväng i korridoren, ser på klockan, vänder och går tillbaka. Vankar oroligt. Det dröjer inte särskilt länge innan det kommer en läkare som tittar på Gert. Joakim håller sig så nära han törs. De ska sy skadan i huvudet, sedan göra en skallröntgen, och så får han vara kvar för observation.

Då åker Joakim till hotellet, nu vet han var han har honom. Han behöver fundera och smida planer.

40

”Ska du inte åka hem?” frågar Jenny när Cilla börjar göra sig ordning i badrummet.

”Åka hem? Till honom? Som försöker döda mig? Det vore väl att utmana ödet”, säger hon och stoppar tandborsten i munnen.

Jenny skrattar, det håller hon ju med om. Telefonen ringer i Cillas handväska, och båda två rycker till och ser på varandra. Säker Gert som ringer och undrar var hon är.

Men nej, det verkar vara från sjukhuset, det är ett sådant telefonnummer.

”Ja?” svarar hon. ”Jaså. Nu? Nej, det gör jag inte. Jaha.”

Jenny förstår ingenting av samtalet.

”Vad var det där om?”

Cilla trycker bort samtalet innan hon sätter sig ner vid köksbänken. Sokrates kommer upp och stryker sig mot henne. Hon klappar honom, men i tankarna är hon någon helt annanstans.

”Vad var det?” säger Jenny igen och sätter sig bredvid henne, tar hennes hand.

”Gert är på sjukhuset. Han körde på en refug och sedan rakt upp på trappan till affären, där nere vid Storgatan.”

”Va? När ...?”

”Det var precis då jag cyklade hem från jobbet, där jag kör över vägen, du vet ...”

”Ja!”

”Varför var han där då? Varför körde han på refugen vid övergångsstället precis när jag borde ha passerat där?” Hon lägger huvudet på sned och ser på Jenny. ”Tror du ... att han skulle köra på mig? Då stämmer ju det som Nancy sa ...”

De sitter tysta en lång stund. Det är bara kattens spinnande som hörs. Köksklockans tickande. Cillas hjärta som slår.

”Det var så konstigt: När jag cyklade ner för backen där, mot Coopbutiken ... då kändes det som att jag inte trampade.” Hon lägger huvudet på sned och kniper ihop ögonbrynen. Tänker, minns. "Det kändes som att någon annan trampade, allt gick så lätt. Förstår du?"

Jenny nickar.

"Och när jag svängde över gatan, Storgatan alltså, då var det som att cykeln bars, som om jag var ovanför marken …"

"Som att du lyftes?" säger Jenny med häpen röst.

"Ja, precis så, som att jag och cykeln lyftes över vägen, sattes ner så försiktigt, och så cyklade jag vidare igen."

De ser på varandra. Nickar.

"Det var så … overkligt, och jag kände mig så … tillfreds. Lycklig. Jag till och med skrattade högt. Folk tittade på mig."

Jenny tar hennes hand:

"Nancy sa att han visste. Att han skulle hämnas."

"Jag vet att jag hörde något, ett skramlande eller något sådant, vid Coop… men tänkte att det var väl leverans av varor. Du vet, en sådan där vagn med varor på som de rullar av lasthissen, där bak på lastbilen …"

Jenny nickar.

"Du tittade inte efter då?"

"Nej, jag var ju så glad, det gick så lätta att trampa och det var som cykeln rullade av sig själv… Det måste ha varit han, som skulle köra över mig."

Cillas tårar börjar rinna. Det här var inte vad hon tänkt sig. Inte alls.

41

Ulrik hade verkligen missat en sak i deras plan att köra över Cilla vid korsningen där Coop ligger. Hur han skulle hitta hem. När ambulansen for iväg stod han där, såg sig om och försökte erinra sig var han var. De hade ju åkt tio varv men det var ju hem till dem, inte hem till honom. Så han börjar gå åt det hållet han tror att han bor åt, vilket förstås är fel. Efter två timmars förtvivlat irrande stannar en taxi bredvid honom.

"Jag har sett dig fyra gånger, ska jag köra dig?" frågar chauffören på bruten svenska.

"Tack! Ja! Jag hittar inte hem, men kör mig till museet du, jag hittar därifrån", säger Ulrik med en lättad suck då han sätter sig i baksätet bakom chauffören.

"Hittar du inte hem, hur kommer det sig?"

Chauffören ser på honom i backspegeln.

"Lite tokigt är det men jag har inget som helst lokalsinne, det här är inte första gången, säkert inte den sista heller", suckar han och ser ut genom fönstret på en stad som han så väl känner igen.

Det är bara det att han inte får ihop om torget ligger före eller efter museet. Om biblioteket ligger nedanför backen vid simhallen eller ovanför, det bara trillar ur huvudet på honom så fort han sett det. Gator och kvarter går kors och tvärs, han får inte ihop det. Tänk om de vore uppkallade i bokstavsordning, vad lätt det hade varit.

"Hur klarar du dig annars då? Du kan ju inte irra omkring såhär jämt."

"I bilen har jag GPS, vet du, så då går det bra. Men nu åkte jag med en kompis."

Ulrik nickar medan han känner på ordet. Kompis. Det är ett fint ord.

"Tappade han bort dig", säger chauffören och skrattar.

Ulrik svarar inte, han ser bara ut genom fönstret. Det blev ju så tokigt det här. Undrar om Cilla märkte att hon inte blev påkörd?

Klart hon gjorde, men om hon märkte att någon tänkte göra det. Hon trampade iväg så lätt så ... som om inget ont kunde hända henne.

"Det var en trafikolycka förut", avbryter taxichauffören hans tankar.

"Jo, jag såg det. Kanske du vet hur det gick?"

"För honom som körde?" frågar chauffören och ser i backspegeln på Ulrik, som bara nickar. "Det gick nog bra, värre med bilen. Men vad fan, en Saab, vem vill köra det?"

Han skakar på huvudet när han kör intill trottoaren och pekar att där är museet.

"Det var en Opel, en grön", säger Ulrik när han betalat och klivit ur bilen.

"Nej, det var en Saab. Det är jag säker på. Hitta vägen och bilar är då några saker jag kan. Ta hand om dig nu."

Ulrik ser efter taxin som åker iväg. Ja, nu spelar det ju ingen roll vad det var för bil, egentligen.

Han står och ser på entrén till museet, det är bara några timmar sedan han gick ut därifrån. Nu är det mörkt både därinne och utanför. Han tittar på källarfönstren där hans arbetsplats är. Suckar, vänder sig om mot huset mittemot.

Hans hus, där han bor till höger på nedre våningen. Det lyser inte där heller, det ser ensamt och lite dystert ut. Det har han inte tyckt förut, men nu   när Gert, hans kompis, ligger på sjukhuset – då är allt trist. Han ser sig för när han går över gatan och låser upp med nyckeln, portkoden har han glömt för många år sedan.

Det är tyst i lägenheten då han kommer in. Klär av sig och tar på pyjamasen. Sätter på spisen och värmer mjölk, gör O´boy och brer två smörgåsar, lägger kokt medvurst på dem och lägger dem på en bricka som han tar med in till soffan i vardagsrummet.

Vardagsrummet som ser precis likadant ut nu som det alltid sett ut. Då hans farmor bodde här. Då Ullrik och farmor bodde här. Han är uppväxt med farmor och det var en bra tid. Han var aldrig ensam då. Nu sitter han ensam och ser på teve, det är som vanligt någon dokumentär han ser. Han intresserar sig för många saker. Pyramiderna, de gamla grekerna, uppfinningar och bilar. Djurprogram ser han också gärna på.

Men nu har han svårt att koncentrera sig på vad berättaren talar om, hans tankar går till Gert. Det är så tragiskt det som hänt. Han måste kunna ta reda på hur han mår, han vet bara inte hur.

42

Gert har blivit sydd i huvudet och är omtöcknad av mediciner. Det gör ont i hela kroppen, men det var tydligen inget mer brutet än ett revben. Ett litet sketet revben igen. Han borde ringa till mamma men han orkar inte just nu. Han vill sova men har svårt att hitta en ställning som inte gör ont. Det snurrar i huvudet när han försöker vända sig men då hugger det till i bröstet.

Han struntar i att försöka, ligger som han ligger. Låter medicinen göra nytta och försöker få tankarna rätt. Det är inte lätt. Ena stunden ser han Cilla på cykeln, andra sekunden ser han Ulrik slå ner armen. Sedan är det sirener och en tjock tant som undrar om han är nykter.

"Är han nykter som kör så här", hade hon sagt, kärringen, med snipig röst.

Så minns han butiksägaren som kom ut och viftade i sin gröna rock, om sin jävla trappa. Precis som han kört på den med flit!? Fan, vad ont det gör! Aj, han försöker lirka sig över på sidan, en liten bit i taget.

Men vad är det här då? Han har en kanyl och en slang som sitter i handen. Han tittar upp på en droppflaska som hänger där? Vad är det där? Är det Cilla som försöker förgifta honom igen? Helvete! Gert rycker i slangen, men då börjar det pipa i någon maskin som står bredvid, och så kommer en manlig skötare in och tjoar:

"Du får inte röra den här, det är bara näringsdropp. Vi måste ha en infart ifall du behöver mer morfin. Mer smärtstillande."

"Det är gift i den", väser Gert fram till skötaren.

"Nej, det är bara näring. Du kommer att må bra av lite extra vitaminer", säger han och ler, skruvar lite på droppet och går ut igen.

Gert ligger och ser på droppet. Dropp dropp dropp … det är som att räkna får, och innan han kommer till tio har han somnat.

43

Ulrik kom till sist på att han faktiskt kan ringa sjukhuset. Han måste ju få veta hur det gått för Gert. Men han drar sig för det, tänk om han är död? Tänk om … Tänk inte, ring, förmanar han sig själv.

”Är du familj till den du söker?” frågar den manlige sköterskan som svarar.

”Äh, jag är hans bror”, säger Ulrik och korsar sina fingrar.

”Okej, då ska vi se.”

Sjuksköterskan plockar med lite papper, eller om han scrollar på en dator, men till sist har han hittat vad han söker.

”Gert Gustafsson har en hjärnskakning och ett jack i huvudet, det är sytt. Och så har han ett brutet revben, det kommer att läka av sig självt. Han kommer att få stanna här tills i morgon”, säger sköterskan.

”Hälsa honom att jag hämtar honom”, säger Ulrik och tackar så mycket för hjälpen.

Med en lättnadens suck lägger Ulrik på luren. I morgon bitti ska han ta bilen och åka till torget. Det går så bra att hitta när han har sin bil, då kör han efter den trevliga rösten i GPS:n: ”*Om trehundra meter sväng höger, snart sväng höger, sväng höger …*” Och gör han så kommer han oftast dit han tänkt. Parkerar på torget, och håller sig till affärerna som ligger i anslutning till det. Gå och köpa en fin kavaj till Gert, det ska han. Han ler när han tänker på det. Att få köpa en present, till sin kompis.

Med det beslutet sätter han på teven igen för att se på nyheterna och hamnar mitt i lokalnyheterna, där en bild på Saaben som står på trappan visas. Till vänster står det en man som ser ut att gråta, det är han själv.

”En oförklarlig olycka har skett”, säger reportern innan Ulrik byter kanal.

Ett program om några som renoverar stugor åt folk. Helt ofarligt.

44

Joakim har pratat med Thorwald igen. Thorwald är fortfarande inte glad över att bli avbruten. *Vad är det med den där? Kan han inte fatta egna beslut?*

Han har berättat vad som hänt en gång till, och om sin plan för hur han ska ta sig in på sjukhuset. Läget får sedan utvisa hur han ska gå tillväga. Han måste ta sig upp till avdelningen där Gert ligger. Det är inte svårt att ta reda på det, bara ringa och fråga om pappa, var pappa är. Då svarar de så snällt att han ligger på avdelning fyra, sal tretton. Han önskar att det hade varit svårare, att de vägrat lämna ut sådana uppgifter på telefon. Det skulle ju kunna vara vem som helst som ringer, till exempel en lönnmördare ...

På något sätt kommer i alla fall Gert Gustafsson att vara död innan morgonen. Det är Joakim till och med säker på. Han har ingen intention att inte slutföra uppdraget som han har lovat Thorwald att utföra. Snyggt och prydligt.

Han önskar bara att han kunde prata med Cilla, hon är ju sjuksköterska, men detta är en hemlig operation. Han har bara sig själv att lita till, ingen som täcker honom, ingen back-up. Han tar på sig solglasögonen där han ligger på sängen. Han tänker ta på sig sin svarta träningsoverall och ge sig iväg klockan tjugotre noll noll. Under tiden ska han sova en stund och sedan åka förbi grillen innan han intar sjukhuset. Inta fortet, eliminera fienden.

Nattens manövrar börjar med vila och mat. Joakim ler för sig själv, det här är fan nästan som i Afghanistan, men bara nästan. Egentligen otäckare. Här är han ensam, det har han aldrig varit förut. Niklas fanns alltid där vid hans sida, täckte upp för honom, ända sedan fotbollsplan. I skolan, i lumpen, i Afghanistan ...

Han vet att Niklas är med även nu. Han kan känna det tydligt, hans närvaro, att han pushar honom. *Tro på dig själv.* Det är ju det som Joakim har så svårt för. Att tro att han kan, utan Niklas. Fan, allt var så mycket lättare med Nicke. Han trodde på honom. Han sa alltid att han var bra, att han kunde – och gladde sig när han visade att han kunde.

”Jag ska visa dig, Nicke, jag ska fixa det här. Jag ser inte bara jävligt bra ut, jag *är* bra också.”

”Att du är! High five på det …”

45

Gert vet ändå så mycket som att han inte har kört på Cilla. Han har
kommit ner och ligger på sidan, fast då mår han illa och vänder sig
omständligt tillbaka till ryggläge. Han ser Cilla framför sig på cykeln,
och i nästa sekund ser han stolpen på refugen vika sig. Det slår till
under bilen så in i helvete, och så – pang, så står bilen på trappan.

Han kan nästan känna trappräcket snudda vid låret, där hade han
en jäkla tur. Och Cilla en jäkla otur, tänker han. Han hade kunnat
dö. Då hade hon nog blivit lycklig, den jävla subban …

Men bilen, den är väl förstörd? Hur ska han göra nu? Han måste
ju ha en bil, utan den kan han inte ta sig till jobbet, inte till mamma,
inte till stugan … inte hålla koll på Cilla.

Kriget är inte över. Om han inte hade så ont i huvudet skulle han
kunna tänka ut nästa strategi. Den nya strategin, för han tänker inte
ge sig. Hade han ork skulle han ringa till Ulrik och prata om det men
han är för trött. Men han måste ringa till mamma.

”Hallå?” svarar hon på sjunde signalen.

”Det är jag.”

”Jaha, såhär dags? Sover inte du?”

Birgit låter väldigt sömndrucken.

”Vad är klockan?”

”Den är halv tolv, det är natt! Är du full?”

”Nej, jag är på sjukhuset, jag har krockat. Bilen … den är
förstörd.”

Han snyftar till så det hugger i revbenet, han tappar nästan andan.

”Jaså, då får du väl köpa en ny då! Nu får du sova, god natt med
dig”, säger hon och lägger på.

Han ser på luren. Men jag då, tänker han. Han somnar men blir
strax väckt av en sköterska. Varannan timma tar de blodtryck, kollar
droppet och ser så han har rätt färg i ansiktet. Lite halvblek med
rosiga kinder.

”Din bror hämtar dig i morgon”, säger nattsköterskan och tar hans handled.

”Min bror?”

Sköterskan nickar och räknar pulsslag.

”Ja, och din son ringde också, undrade hur du mådde”, säger sköterskan utan att se på Gert, stirrande på sitt armbandsur.

Hur kommer det sig att hela världen frågar efter honom nu, då han ligger skadad här i sin ensamhet. Om han nu har så många som bryr sig, varför ligger han här ensam? Borde det inte sitta någon i fåtöljen där vid fotänden av sängen. Eller, vem är den fåtöljen till för? Var är hans fru?

Min bror? Min son? Det bara snurrar i huvudet på Gert. Det är nog medicinen som ger honom sådana hallucinationer.

46

Joakim har ätit två vårrullar på ett Thaihak och känner sig mätt och uppblåst när han smyger genom korridoren nere i källaren på sjukhuset. Han kom in via personalingången samtidigt som nattpatrullen gav sig ut. De hade bara nickat åt honom innan de rusade iväg i något brådskande ärende.

Han känner sig så fruktansvärt smart som tänkte på personalingången. Och han ska ta trapporna, det gör alltid Ethan Hunt, han skulle aldrig åka hiss. Tom Cruise som Ethan Hunt i *Mission Impossible* är en stor förebild.

Med solglasögonen på och huvan halvt uppdragen smyger Joakim sig snabbt som en vessla uppför trappan. En trappa i taget till den våning där Gert ska ligga enligt hans supersmarta efterforskning – att fråga efter pappa kan ju smälta vilken stelbent sköterska som helst, tänker han när han flinande påbörjar nästa trappa.

Efter tredje trappan, två kvar, mullrar det rejält i magen på Joakim. Han försöker smygfisa men det ekar i trapphuset. Han får huka sig då de krampar i magen. *Vårrullarna.* Han kan inte gå en trappa till, han måste knipa allt vad han kan. Svetten börjar pärla i pannan, och det mullrar och gurglar i magen på honom. Rapar av sur kål tränger sig upp i strupen.

Han sväljer. Rycker i dörren på fjärde våningen, sliter upp den och kommer in i en tom och skum korridor. Ljuset är släckt och det är bara nödutgångarnas gröna lampor som lyser. Det måste finnas en toalett här; han kniper, hukande skyndar han sig och till sist hittar den.

Har fått ner byxorna precis när … ja, usch, det gör så ont i magen och han mår illa. Svetten rinner om honom och han vänder sig till handfatet och kräks.

Det knackar på dörren, och en mild röst frågar hur det är fatt. Han kan inte svara utan kräks en gång till samtidigt som det rinner därbak. Han hör hur det rasslar till i dörren och den öppnas. Helvete, hinner han tänka innan han svimmar.

När han vaknar ligger han i en säng med papper om sig, både över och under.

"God morgon", säger rösten som finns någonstans i dimman som omger honom.

Han försöker se men allt är suddigt. Han mår i alla fall inte illa längre, känner sig snarare helt tömd. Det gör ont i magen och svider i baken.

"Åt du något gott igår?"

Han minns vårrullarna, tyckte inte de var riktigt varma. Men han hade bråttom, så han orkade inte klaga. Brydde sig inte utan svalde ner dem med ramlösan. De var ganska goda.

"En helt vanlig matförgiftning, du kommer att bli bra. Du är tom i både mage och tarmkanal nu, vi har satt ett näringsdropp och du behöver bara vila. Så, sov lite du."

Han svarar inte utan försvinner bort i dimman igen. Det är skönt. Prassligt av allt papper, men skönt.

Ulrik kommer som utlovat strax före lunch. Han har en ny marinblå kavaj med sig till Gert. Den sitter perfekt, väldigt snyggt. Gert blir rörd när han ser sig i spegeln. Han kan inte fatta att Ulrik köpt den, till honom. Att han sett att hans beigea var förstörd. Och så gjort sig omaket att ta sig till torget! Med sitt lokalsinne, va!

Den beigea, som är blodig och helt bortom all räddning, kastar han i papperskorgen som står vid entrén när de lämnar sjukhuset. Han tar sin bror under armen, och tillsammans går de leende bort till parkeringen. Idag ska Gert få åka Volvo för första gången i hela sitt 37-åriga liv.

Ulrik kör medan Gert pekar vart de ska. Han mår ganska bra. Det stramar lite i stygnen i pannan, men det kommer att bli ett ganska coolt ärr sedan. Och så revbenet förstås, han får inte göra några häftiga rörelser och inte skratta. Lite molar det allt i huvudet med. Men det känns bra att sitta här med Ulrik som kör bilen, han kör bra.

"Har du hört något från Cilla?" frågar Ulrik när de stannar vid grillbaren för att äta lunch.

"Inte ett ord! Det är för jäkligt", säger Gert då han beställer två kokta med mos och räksallad.

De är värda lite festligt idag, för att fira att han överlevt. Ulrik beställer en bamse med mos och gurkmajonäs, sen sätter de sig vid ett fönsterbord.

Gert tar av sig den blå kavajen, hänger upp den över ryggstödet på stolen där han sätter sig.

"Jag får inte spilla på den."

Han ler ett varmt och stort leende mot sin gode vän, som får tårar i ögonen.

Vad de inte vet när de sitter här och glufsar i sig är att Cilla i detta nu är på avdelningen där Gert har legat och hör sig för. Hon får veta att han mår bra och att hans bror har hämtat honom.

"Hans bror? Han har ingen bror! Vem har hämtat honom?"

Hon förstår ingenting, har de lämnat ut Gert till någon ... okänd person?

"Inte?"

Sköterskan bläddrar i några papper, han kan väl inte hålla reda på alla anhöriga som ränner här hela tiden. Han kliar sig på den slätrakade hakan.

"Hur såg han ut?" säger Cilla irriterat.

"Såg ut och såg ut, det gjorde han nog för han var jättelång och jättemager. Cendréfärgat hår kanske, och en blå keps. Kanske en Malmö FF ..."

"Jaha, han ja", säger Cilla och ler skevt.

Mannen som stod och såg ut att gråta strax bortanför platsen där Saaben kört upp på trappan. Hm, den bilden var i tidningen. Mannen som gick vilse i skogen? Och fick svampsoppan? ... Eller inte, han lever ju i allra högsta grad. Cilla blir kall. Det måste vara honom som Gert träffat igen.

Hon skickar ett sms till Jenny att signalementet på Gerts nya vän och kumpan stämmer, den de såg på lokalnyheterna igår. Troligtvis är han samma person som Svampmannen.

”Ska vi göra om samma sak, eller vad säger du? Det kanske inte är så lätt att pricka både objektet och tiden”, säger Ulrik med munnen full.

”Vi får fundera ut något”, svarar Gert, som äter med god aptit trots att läkaren sagt att han ska äta försiktigt – han kan må illa av hjärnskakningen.

Men det här var nästan godare än pizza.

”Tror du hon varit hemma, hos er alltså.”

”Nej, det tror jag inte. Hon är väl på jobbet?”

Gert gör en grimas så det stramar i såret i pannan.

”Ja just ja, man blir ju lite veckovill när man inte arbetar.”

Ulrik skrattar till och stoppar korv i munnen.

De blir tysta och äter den goda maten, var och en i sina egna funderingar. Ulrik brukar laga mat till sig själv. Men det här var väldigt gott, tycker han. Han är inte van att äta på restaurang, om man kan kalla grillen för det.

Det är högtidligt idag på något vis. Att först få köpa den fina kavajen till Gert och sedan hämta honom från sjukhuset. Han körde dit! Det känns viktigt att vara den som hämtade honom, som att han är viktig. Fyller en funktion. Han ser på Gert som ser ner i maten, han skrapar botten på pappersformen som han äter ur. Bra att han mår bra, tänk om ... nej.

Det hade ju annars varit ganska typiskt, nu när Ulrik äntligen funnit en vän att han skulle köra ihjäl sig. Och på något så banalt som trappan till en kvartersbutik. Så simpelt liksom. Men nu lever kompisen i allra högsta grad, om än lite skadad.

Gert har blivit sjukskriven hela veckan. För första gången i hela sitt liv ska han vara sjuk. Det är konstigt att vara ”ledig” så här på dagen. Han ser upp på Ulrik. Skulle vilja säga tack, men det tar emot. Han hade nog gjort samma sak själv om det varit Ulrik som skadats svårt i en trafikolycka. Så, då är de väl liksom kvitt?

Ulrik som blev så orolig för sin kompis, han gillar verkligen det ordet, har också sjukskrivit sig. För att sitta i källaren och sortera papper när ens bästa vän är skadad, det går inte. Han känner ansvaret att ta hand om Gert nu. Det var ju hans idé också, att köra på med bilen sådär, så lite skuld har han allt i det hela. Ansvar! Stå upp för kamraten! Kamrat är nästan ett ännu finare ord än kompis.

Gert har faktiskt lite ont i huvudet, så de beslutar sig för att åka hem till honom, även om det känns konstigt. Gert har aldrig haft gäster hemma hos sig. Birgit förstås, men det är flera år sedan. Det var nog bara när de precis hade flyttat in om han tänker efter. Men det gör ont i huvudet när han tänker, så ... det får bli så.

Ulrik kan vila på soffan en stund. Det säger han inte nej till, att sträcka ut sina långa ben en stund såhär mitt på dagen. Det är inte alla förunnat att få göra det, minsann. Det är ju onsdag, och hur ska Gert ta sig till Birgit och äta ikväll om inte Ulrik är med? Eller i alla fall Ulriks bil.

49

När Jennys patient har uttömt alla sina bekymmer, fått rådet att ta sig ut i naturen och gått, tar hon fram mobilen. Jo, hon har fått sms från Cilla. Hon läser det, och sedan lägger hon sig själv på soffan och funderar.

Detta verkar ju helt absurt. Gert och Svampmannen, som Cilla kallar honom, den vilsne mannen i skogen, har blivit vänner. Då vet de i alla fall med säkerhet att han inte åt soppan. Och inte mazarinerna heller. Fasen, är det Svampmannen som är så smart? Som kunde räkna ut att en fru som helt plötsligt börjar laga mat och baka har en baktanke … Hon suckar ljudligt.

Det måste vara så, det var Svampmannen som kom på att de skulle köra över henne. Hon river på ett nagelband så det börjar blöda, rycker till sig en pappersnäsduk ur paketet på bordet och virar om fingret.

Mm, men ihop med Gert är det inte så lätt att lyckas. Han lyckas inte så bra med något egentligen. Trillar ner för trappan och får bara ett brutet revben. Och nu med, bara ett brutet revben. Hoppas det gör riktigt ont.

Gert stalkar sin egen fru, står i buskarna utanför Jennys lägenhet utan att de vet varför. Han bara står där. Den här nya vännen? Svampmannen … det måste ju vara han som gick vilse, som fått soppan … och som kom tillbaka till Gert i stugan? Hur kan man vilja träffa honom en gång till? Det var ingen olycka att han försökte köra på Cilla. Det stämmer med platsen, med tiden då han körde på trappan … Idiot.

Tack gode Gud för beskyddet hon har fått av Nancy. Jenny har ju tvekat, inte kunnat tro, men nu … det funkade ju! Cilla hade upplevt det som att något bar henne förbi korsningen, klart att det var Nancys beskydd.

Och nu vet Gert att Cilla har försökt göra sig av med honom. Nu ger han tillbaka och han kommer inte att ge sig! Det är då ett som är säkert. Det är dags att ta i med hårdhandskarna. Nu jävlar har han skitit i det blå skåpet.

Hon sätter sig upp. De måste skynda sig på, han får under inga omständigheter hinna före. De måste agera, och det snabbt! Helst igår. De borde fan ha åkt till sjukhuset och haft ihjäl honom där ... fått in luft i droppet eller vad som helst. De missade, försatt verkligen en chans som stod öppen mitt framför näsan på dem.

Hon ställer sig vid fönstret, ser ut utan att se. Hennes hjärna går på högvarv. Hon ser scenen framför sig, Dramatens stora scen. Hur skådespelarna rör sig. Hur de svär och skriker, hur stämningen hetsas. Hur svärdsklingor dras och slår mot varandra på liv och död. Hon ler. Sätter sig vid skrivbordet. Skriver ett brev till Gert.

Hon hänvisar honom till fortsatt behandling via landstinget, hon skickar en remiss dit beroende på att hon känner att de inte kommer någonstans i behandlingen hos henne. Det är säkert andra verktyg som behövs ... *En kniv i bröstet*, skriver hon inte, men hon tänker det.

Hon skickar ett sms till Nancy.

"Skulle vi kunna träffas? Ikväll?"

Det är så många frågor som hon inte har några svar på. Nancy är den som kan ge dem det.

"Välkomna ikväll, 18.00"

Jenny skickar ett hjärta tillbaka.

Hon lägger sig på soffan igen, blundar. Det är så påfrestande det här, stackars Cilla. Det måste bli ett slut på det. Hur de ska gå tillväga har hon ingen aning om, men Nancy har säkert någon lösning. Hon kan se det från ett annat perspektiv. Som en utomstående, fast Jenny känner ett visst släktskap med henne. Ett systerskap. Kanske Jenny också har en häxa inom sig, en liten som skulle komma fram om hon bara övade?

50

Joakim sover hela förmiddagen i sin sjukhussäng. Han missar Gerts hemgång med en hårsmån. Fast han känner sig lättad. I dubbel bemärkelse. Det var längesedan han mått så jävla dåligt. Dels att eliminera Cillas make genom Kod tre sju, på sjukhuset. Det var inget smart val. Dels att äta halvråa vårrullar, han ska aldrig mer äta vårrullar över huvud taget.

Han får lite soppa och så en varm dusch innan han blir utskriven med löfte till läkaren också om att aldrig mer äta halvråa vårrullar.

Han är mör i hela kroppen, vilken jäkla urladdning det var! Han blir nästan full i skratt, men då gör det ont i magen. Han tar sig till bilen och kör vägen förbi Coop tillbaka till hotellet. Stannar och tittar på trappan.

Den behöver fixas, muras om. Räcket måste bytas, han måste haft en bra hastighet när han körde rakt upp i trappan. Han skakar på huvudet och går in i butiken. Plockar till sig vitt bröd, blåbärssoppa och yoghurt.

Ägaren till butiken sitter i kassan och beklagar sig över idioten som kört på trappan och ursäktar sig över besväret för alla hans kära kunder. Han ska försöka att skynda på både försäkringsbolaget och byggfirman, under tiden ber han om överseende. Joakim bara nickar, han har aldrig handlat här innan och kommer kanske aldrig att göra det igen.

Sedan åker han till hotellet. Lägger sig på sängen och ringer till Veronika.

"Älskling! Hur mår du?" utbrister hon efter att han berättat om nattens strapatser.

"Skit. Kan du skicka bilen och hämta mig?" ber han.

"Skicka bilen? Men det är ju du som kör den."

"Nej, jag åker hyrbil! Limousinen står väl i garaget?"

"Jaså? Gör den?"

”Men finns det ingen som kan hämta mig?”

Han känner hur elitsoldaten kryper ihop och lägger sig i ett hörn, och den lille pojken som han var en gång kommer fram.

”Jaja, jag ska se vad jag kan göra. Kanske finns någon statist på teatern som vill tjäna en slant. Thorwald ringer dig, stanna där du är”, säger hon och knäpper hon av samtalet.

Joakim kurar ihop sig, drar täcket över huvudet och har inte känt sig så ensam och övergiven sedan han var fem år och hans mamma lämnade honom hos mormor och försvann. Han vet inte vart hon tog vägen, har inte sett henne sedan dess. Sedan kom Niklas och hans mamma och hjälpte mormor med honom. Undrar om han var så besvärlig att hon behövde den hjälpen? Han vet inte. Han vet ingenting.

51

Jenny kör in genom den rostiga grinden och parkerar bilen så nära trappan de kan. Det är becksvart ute. Antingen har strömmen gått eller så har Nancy glömt att tända ytterlyset.

Cilla tar fram mobilen och lyser med den så de ser att gå uppför trappan. Dörren glider som vanligt upp av sig själv när hon ska till att öppna den. De går in, och där brinner det levande ljus. På bordet, på golvet, i fönstret och i trappan. De är så spända av miljön att de hoppar till då Nancy reser sig från soffan. De såg henne inte i den skumma hallen som även fungerar som vardagsrum, något de kom på sist de var här.

Nancy har en svart klänning på sig. En svart spetssjal hänger löst ner från hennes huvud och Ra sitter på hennes högra axel. Han lägger sitt huvud på sned, och ett dämpat orrp hörs. Nancy ser allvarligt på dem. Som att hon känner av dem, stilla och tyst. Men så skiner hon upp i ett leende och kramar om Cilla.

"Ditt skydd fungerar! Så underbart!"

"Ja", säger Cilla som blir överrumplad. "Jag känner faktiskt av det! Det är som det bär mig, som jag hade en osynlig mantel på mig."

Nancy nickar:

"Visst är det häftigt! Kom, så äter vi."

Hon går före dem in till köket, fortfarande med Ra på axeln. Jenny ser på Cilla, rycker på axlarna och undrar vad denna dramatiska entré var för något, men hon kanske satt och mediterade …?

De äter soppa gjord på zucchini och potatis och pratar om vad som hände vid Coop. Nancy har sett det som en film i huvudet. Så exakt och tydligt som om hon stått där bredvid Ulrik och nästan kunnat ta honom i handen då han stod där och var så sorgsen.

Hon berättar att han var både ledsen och förvirrad. Hon får inte grepp om honom. Ibland är han så strukturerad och ordningsam, men så är där en förvirring, som att han inte skulle hitta i sin egen ficka. Efter olyckan hade han irrat omkring innan han åkte bil ... en taxi, tror hon. Osäkert där. Men han kom hem, och han hämtade Gert dagen efter.

"Är de bröder?" frågar hon, men Cilla skakar på huvudet. "Nej", svarar hon sig själv. "Gert har ingen bror. De kallar sig det. 'Min kompis', säger den ene av dem."

Nancy ler åt sina egna slutsatser.

"Just det! De sa på sjukhuset att Gerts bror hade ringt och sedan hämtat honom. Det är den långe, som vi trodde."

Jenny skakar ivrigt med pekfingret i luften.

Nancy bekräftar att det är en lång smal man som Gert har fått som vän och bror. Han heter Ulrik och jobbar i ett mörkt ställe under marken. De tycker alla att det låter besynnerligt, det finns inga gruvor här? En källare, något förråd?

"Polisens hittegodsavdelning", säger Jenny – och ja, varför inte.

"Vad händer nu då? Jag tycker vi slår ihjäl honom", säger Cilla och fyller sitt glas med vatten.

De kan inte dricka vin jämt.

"Jag tänker att han kommer att bli annorlunda nu, när han fått en vän", säger Jenny. "Har han ens hört av sig när du inte varit hemma? Det är ju två nätter nu ..."

"Nej, faktiskt inte! Men han försökte ju faktiskt köra på mig och har ju tillbringat en av nätterna på sjukhuset, och han *har* en hjärnskakning. Så han är väl omtöcknad. Och besviken", säger Cilla irriterat.

"Javisst ja, kan ju vara så."

Jenny pillar sig i håret. Det som Veronika tyckte borde växa ut, men Jenny är nyklippt.

De blir tysta och funderar. Mera gift? Tända eld på stugan när han är där? En fälla? Nancy öppnar till sist en flaska vin, de tänker bättre då. Olika förslag kommer upp, det ena värre än det andra. En häxbrygd? En förbannelse? Tända eld på honom ...

"Vi får fortsätta meditera", säger Nancy.

Det var alltså det hon höll på med då de kom. De tänder rökelse, sätter sig i soffan och Nancy frammanar hjälp från änglarna att komma på vad de ska göra för att lösa problemet.

Cilla blundar och känner att rummet blir helt upplyst av ett vitt sken. Hon törs inte titta, men hon känner det som att ljuset sträcker sig in i henne. In i varje vrå av henne.

Det är inte varmt, inte heller kallt, bara ljust. Ett vänligt ljus av kärlek fyller henne så att hon nästan vill gråta. Hon ser sin pappa på en strand, han har just lagt ner ett cyklop och tar av sig simfötterna. Han vinkar till henne och skrattar. Solbränd med vita tänder. Han har skägg och håret är långt, grått och fladdrar i vinden.

"Jag har det så oförskämt bra!" ropar han, och i nästa sekund är han borta.

Hon blir snopen, vill prata med honom igen, men hon kan inte frammana honom. Han har det bra, hon blir varm av vetskapen. Det var en snäll pappa som även kunde ha varit en bra pappa, om han hade fått.

Jenny har en egen upplevelse. Hon ser ingen person, ingen människa. Hon ser färger. Som att hon skulle vara inuti en av Veronikas alla tavlor. Hon är både grön, blå och röd. Hon är en av alla kantiga rutor, hon är en av alla darriga streck, hon är en naken kvinna. Ser sina egna konturer, ser att hon är vacker. Ser sig själv med sin mors ögon.

"Är det mig du målar?"

"Alltid vännen, alltid dig ..."

52

”Du kan väl följa med ut till min mamma och äta middag?”

De har sovit en stund och Gert har gjort kaffe. De sitter i vardagsrummet och Ulrik är imponerad av Gerts teve. Den är stor och platt. Själv har han en liten och tjock.

”Tror du din mamma vill det?” frågar Ulrik som är rädd att vara till besvär, även om han väldigt gärna vill följa med.

Han vill ogärna lämna Gert ensam nu, med hjärnskakningen och det där överhängande hotet. Tänk om hon skulle lyckas? Nu! När han äntligen funnit en kamrat, så typiskt och så dumt det vore.

”Hon kommer bara att tycka att det är trevligt”, säger Gert. ”Jag har ju heller ingen bil.”

Han ler lite försynt.

”Just det, den kommer ju inte att gå att laga.”

”Nej, den är tydligen på skroten. Jag har haft den sedan den var ny. Har gått som en klocka, aldrig något fel.”

Han skakar på huvudet och ser ut som att han ska gråta.

”Det blir nog bra, vi kan åka i min så länge du behöver. Så kanske vi kan titta efter en ny till dig längre fram. Om du behöver.”

”Det vore väldigt … snällt.”

Gert harklar sig. Han vet inte riktigt vad Ulrik menar, ska han köra honom vart han än ska? Men de har det ju trevligt, så att köpa en ny bil är det ingen brådska med. De har ju veckan på sig.

När de druckit ur kaffet och diskat ger de sig iväg i Ulriks Volvo. En bra bil det med. Automat. En kombi. Lätt att packa i när han ska åka på maratontävlingar. Han har till och med sovit i bilen. Det går bra när man fäller ner ryggstödet. Ulrik förevisar GPS:n också.

”Oj, vilken lyx!” utbrister Gert.

”Var bor din mor?” frågar Ulrik när han sitter bredvid Gert, som kör.

Det är lättare när Gert kan köra. Då behöver inte Gert peka åt vilket håll han ska svänga, inte förklara var de är. Ulrik är så glad och känner sig så lättad, både att slippa köra och att Gerts huvudvärk verkar ha lättat. Det är mörkt och det regnar, så asfalten är precis svart och äter nästan upp det lilla ljus som bilen ger.

"På Fräkna."

"Fräkna? Guldhyllan? Å fan", säger Ulrik och flinar.

"Mm", säger Gert. "Jag är uppväxt där i huset, mor bor kvar och pappa är död."

"Flott då!".

Fräkna, det fina området här i Aspnäset. Ja, Guldhyllan. Det är väl som Solsidan, ett område där de mer belevade och kanske man kan säga plånboksstinna samlats. Det ligger högt med utsikt över sjön. Stora vräkiga villor som luktar skryt. Nu är ju inte familjen Gustafssons den mest presentabla längre. Men fick den ett ansiktslyft så vore den helt okej. Ren retro, skulle många kalla den.

För att komma till Fräkna måste man köra förbi Kråkgården, vilket de förstås gör. Trots att det är mörkt som döden så lyser Volvons strålkastare upp gården ganska bra eftersom den ligger i en kurva, och där innanför grindarna står en bil som Gert känner igen. Han saktar ner, kör sakta och läser bilnumret.

"Vad fan!?"

"Fin bil det där, en sprillans ny BMW, va?" säger Ulrik som tror att det är vad Gert reagerar på.

Han har ju märkt att Gert har en tendens att bli avundsjuk när han ser något som i hans tycke är bättre än det han har själv.

"Det är ju hon! Jenny, hennes bil."

Han låter väldigt upprörd och ännu mer förundrad.

Ulrik visslar.

"Vad fan gör hon här? I Kråkhuset?" Gert skakar på huvudet. Ser på vägen och krypkör framåt. "Bor det någon där?"

"Det vet inte jag, jag har inte varit häråt sedan jag övningskörde."

Ulrik ser frågande ut.

Gert ser på Ulrik, som inte har en aning om vad han pratar om. Jennys bil? Har hon så flott bil? Bor det verkligen folk i Kråkhuset? tänker han när de fortsätter vägen mot Fräkna.

53

”Kände ni?”

Nancy stannar upp och lyssnar.

”Vad?” säger de båda andra.

”En vibration, ... åkte de förbi här? Hörde ni en bil?”

”Åkte Gert? Och Ulrik ... förbi här?” säger Cilla.

Nancy nickar. Hon ser på Ra, som svarar:

”Orp, orp.”

Jenny lägger pannan i veck, lägger huvudet på sned och ser på Cilla.

”Men, det är ju onsdag idag ...”

”Ja, just det, han åkte till sin mamma.” Hon ser storögt på Jenny. ”Med Ulrik?”

”Han har väl ingen bil?” svarar Jenny.

De ser på Nancy som nickar. Hon har tydligt känt av dem båda, deras vibrationer, deras prat i bilen om Guldhyllan.

”Guldhyllan?” säger hon.

”De kallar Fräkna för det”, säger Jenny och förstår att Nancy hörde det fast det inte uttalades högt.

”Aha, där det fina folket bor.” Nancy skrattar sitt härliga fria skratt. ”Tänk att de måste åka förbi Kråkgården för att komma dit, det måste vara ett hårt slag.”

Till och med Ra skrattar.

”Så de är där nu? Hos Birgit?” säger Cilla och funderar.

”Vad tänker du?”

Både Jenny och Nancy ser nyfiket på henne.

”Kanske vi kunde ... sejda, så han trillar ner för trappan?”

54

Birgit blir så glad då Gert har med sig en gäst. Så glad att hon faktiskt reser sig upp, sveper den vinröda morgonrocken om sig och kommer fram och ger Ulrik en kram. Hon når dock bara runt midjan på honom, men ändå.

När de berättar att de tänkt övernatta går det nästan till överdrift, för Birgit tvingar Gert uppför trappan med dammvippan och dammsugaren för att städa det stora sovrummet där uppe. För där tänker hon att den långe mannen ska trivas så pass att han vill komma tillbaka. Ofta.

Gert är inte lika glad över att behöva städa. Det hade han ju inte en tanke på då han frågade om Ulrik ville följa med och kanske till och med sova kvar. Det här blev nästan mycket. Han drar vippan över bokhyllan och drar bort lakanen som hänger som skydd över sängen och soffgruppen.

Det ryker av damm som legat flera år, och han börjar nysa. Helvete! Vilket jävla påhitt. Han blir förbannad, det kittlar i näsan och han får nysa igen så pass att både Ulrik och Birgit kommer upp för trappan.

"Det är allergi. Du ser, du borde städa här oftare", säger Birgit.

"Jag? Jag bor väl inte här, det är väl du som ska städa? Hur kom du upp för trappan?"

"Din vän hjälpte mig", säger hon och ler mot Ulrik som betonar att det inte var något besvär alls – han höll ju henne bara i handen.

Gert grymtar. Ulrik tar dammsugaren och kör den både högt och lågt, Gert samlar ihop lakanen och bär ner dem i källaren.

Muttrar därnere, för det är lika dammigt och fan, grejer överallt. Ingenting är kastat under de år som morsan bott här. Till och med ett gammalt skötbord som bör ha varit Gerts står i ett hörn bredvid en blå trehjuling.

Tvättmaskinen ser ut att vara från femtiotalet. Vad är det här? Han brukar aldrig behöva tvätta. Vet inte ens hur den fungerar. Han lägger lakanen i en hög på golvet och tänker att det får väl hemtjänsten ta hand om. Han ser sig om på allt bråte. De borde ha loppis. Sälja skiten som antikviteter.

Men han ser också på de murade väggarna. Vitkalkade murade väggar där putsen börjat släppa på ett och annat ställe av källarfukten. Han står en stund och begrundar väggen. Kanske skulle han rent av kunna mura in Cilla här i väggen?

55

Cilla har varit hemma hos sin svärmor fyra gånger. Första gången var då hela familjen Brink var där och talade om hur läget var, med det kommande barnet som det inte blev något av. Andra gången var på bröllopet, de hade en liten enkel informell middag efter akten i kyrkan.

Kyrkan ligger väldigt vackert nere vid viken med kyrkogården i sluttningen ner till vattnet. De flesta som bor här i Aspnäset är vigda här i kyrkan. Precis som de alla en gång kommer att ligga begravda där. På middagen efter bröllopet serverades det sill och färskpotatis. Det var vad den där rika kärringen kostade på dem.

Tredje gången hon var där var när Sievert dött. Det blev först kyrkkaffe i församlingshemmet med alla människor som någon gång haft med Sievert att göra, vilket var typ alla. Efter följde de med henne hem, hällde i henne ett par glas vin och bäddade ner henne. Varför Cilla var med då, det minns hon inte. Ett obetänkt ögonblick av empati troligtvis.

Fjärde gången, och den sista, var vid bouppteckningen efter Sievert. Hon var ju faktiskt gift med arvingens son och blev förstås kallad.

Sievert hade skrivit testamentet dagarna efter att Cillas föräldrar varit där och krävt att de unga skulle vigas. Hans fru skulle sitta kvar i huset, men både sonen och Cilla skulle tilldelas en summa efter hans död. Alla var lika överraskade. Birgit var rasande. Ge den där jäntan pengar? Som att hon fick betalt för att hon tagit hennes son ifrån henne! Usch!

Efter det har Cilla inte varit där, inte ens tänkt att sätta sin fot där, i det där huset. Det var verkligen inget hus som hon skulle kunna tänka sig att bo i. Stort, mörkt och vräkigt. Sådär pråligt nyrikt att det bara ser märkvärdigt och skrytigt ut.

Bara hallen, eller foajén som de själva kallade den. Kära jösses. Som ett hotell, och det ska man bo i!? Den svängda trappan av marmor som går ner från den där foajén, den enorma hallen med golv av marmor. Stenhård grå marmor. Som i en kyrka. Sedan den nedre salongen, matsalen, det stora finrummet som fungerade som vardagsrum. De hade en övre salong med, men den har Cilla aldrig sett. Hon var aldrig upp på andra våningen. Det räckte gott att se den nedre.

”Trilla ner för trappan? Hos sin mamma?”

Jenny ser på Cilla och undrar hur hon tänkt. Cilla berättar om trappan i marmor. Hur många gånger kan han trilla och bara bryta revben, liksom …

Nancy avbryter upprört deras tankar och resonemang:

”Men vi ska ju inte göra honom illa! Vit magi är att hela, att ge kärlek och att ta fram det fina. Skapa magi genom vackra och fina gester”, säger hon upprört när Cilla pratar om trappan.

”Men det övernaturliga …”, försöker Cilla.

”Det finns inget övernaturligt! Även om vi inte kan uppfatta allt med våra sinnen så existerar de saker som vi inte kan se, höra eller känna. Även om det inte har en fysisk, synlig kropp så finns det ju! Man får nå sina mål på annat vis, inte genom att förstöra eller döda.”

De två stirrar på henne.

”Men vi har ju hela tiden tänkt att döda honom?!” utbrister Cilla.

”Jo, jag vet, men man kan inte …”, Nancy går fram och tillbaka, ”… få ett arbete bara genom att be änglarna, man måste ju söka det!”

Cilla och Jenny sitter tysta. Tanken var ju att döda honom, hur ska det här nu bli? Även om det känns som en uppläxning så är det intressant, det hon säger.

”Änglarna kan inte be om en dejt med någon man är intresserad av, men de kan leda honom till mig så jag kan fråga. Man kan be om hjälp, om vägledning, men man har ju också ett eget ansvar att göra det rätta. Att vara en god människa.”

Hon stannar och ser på dem.

Jenny nickar, men Cilla är fortfarande skeptisk till att låta honom leva. Hur ska hon överleva om de låter honom leva?

"Den vita magin är osjälvisk! Genom den jobbar man inte för egna fördelar utan för andras skull. För mer kärlek i världen. Att öppna sig inåt, finna kärlekens rötter, det är vad magi är! Det är där vi kan få saker att hända, skapa skydd! Det är där kraften finns. Det är därför meditationen är så viktig, det är då vi hittar vårt inre och når kraften. Som även ni har. Om ni letar kommer ni att hitta den."

Hon stannar åter igen framför dem, ser på dem, och så ler hon.

"Vi ska göra honom snäll", säger hon.

56

"Grattis till den som lyckas med det!"

Cilla reser sig, går efter vinflaskan på bordet. Hon behöver faktiskt ett glas nu. Hon önskar att hon den där natten verkligen hade gått upp och satt kudden över hans ansikte. Eller satt en kniv i bröstet på honom.

Hon kan riktigt se den där filékniven som ligger i tredje kökslådan, den de aldrig använt. Den borde ha gett ett fint rakt snitt rätt in i hjärtat. Jodå, är det något hon kan så är det väl sin anatomi! Så hitta ett hjärta skulle hon kunna i mörker. Hon dricker ur glaset och sätter armarna i kors framför bröstet. Suckar irriterat.

"Så", säger Nancy då hon kommer fram och tar henne i handen. "Det här kan bli riktigt roligt."

Cilla fnyser. Jenny blänger på henne, tycker att hon beter sig omoget och larvigt. *Skärp dig*, säger blicken och Cilla slår ner ögonen. Hon förstår så väl vad Jenny säger, utan ord.

"Men det kräver vissa saker", säger Nancy och ser på Cilla.

"Vad?"

Cilla är irriterad men samtidigt nyfiken. Säger Nancy att det kan bli roligt, då är det något spännande på gång.

"Vi måsta ha mina systrar."

Nancy ler stort och belåtet.

"Dina systrar? Som driver B&B i Stonehaven?" säger Cilla, och även Jenny reser sig upp ur soffan.

"Ska de komma hit?" säger Jenny med förvåning i rösten.

Nancy skakar på huvudet:

"Nej, vi ska åka dit. Det vi måste ha finns bara där."

"Men ...", säger Jenny. "Till Skottland? Måste vi åka till Skottland för att ... Vad finns där som inte finns här?"

"Haha, åh, där finns mycket som inte finns här. Men ni ska få veta allt när vi är på väg."

Nancy lägger armen om Jenny.

"Är det så, då åker vi! Vi måste ha slut på förföljelsen."

"Ja", säger Nancy. "Jag har hela tiden orden 'operation eliminera make', och siffrorna 'tre sju' som en kod i huvudet. Någon måste ha sagt det högt. Men vem?"

"Operation eliminera make?"

Jenny ser på Cilla som gör en oförstående grimas.

"Operation eliminera make!? Elitsoldaten? Var är han?" säger Cilla och ser storögt på Jenny.

Jenny skakar på huvudet.

"Jag vet inte." Precis som om hon skulle vara inblandad i något som inte Cilla vet. "Men jag tänker ta reda på det", tillägger hon och nickar.

"När åker vi?"

Cilla har satt sig ner igen. Funderar så ena benet som ligger över det andra vickar oroligt.

"Nu!?" säger Nancy.

Jenny ser på klockan, den är halv tio.

"Första planet i morgon bitti då?" säger Nancy, och Jenny nickar.

"Men …", säger Cilla. "Eller, jag har semester att ta ut. Bara jag får ringa till jobbet så …"

Hon ser på Jenny.

"Ja, jag behöver någon timme att boka om patienter, det får bli så."

"Sokrates? Vem ska passa honom?

Det tar bara en sekund för Jenny att komma på det.

"Elitsoldaten. Då vet vi var vi har honom … jag ringer mamma! Hon får skicka ner honom. Har jag fått en bror så får han fan ställa upp. Det lovade han."

"Att skjuta Gert ja, men som kattvakt?"

Cilla skrattar.

"Märk inte ord", säger Jenny och skrattar hon med.

”Då kan han titta till Ra med. Det vore vi tacksamma för, eller hur Ra?” säger Nancy och den stora fågeln flyger ner och sätter sig på hennes axel.

”Orp. Orp.”

57

Jenny ringer Veronika samtidigt som de kör hemåt, bara för att spara tid. Naturligtvis har hon handsfree i den nya bilen. Hon ber om Joakims telefonnummer, och visst ska hon få det men vad vill hon honom, undrar Veronika – lite skuldmedveten för att de gått bakom dotterns rygg angående uppdraget som de skapat utan hennes vetskap.

Veronika vet ju att Joakim är i Aspnäset och har varit på sjukhuset, och även att han egentligen behöver vila och få vara ifred. Hon undrar verkligen varför dottern nu låter så angelägen om att få tag på honom. Hon har väl inte listat ut vad de håller på med?

"Han ska vara kattvakt när vi åker till Skottland och agerar häxor, så vi får slut på det här en gång för alla."

Veronika blir tyst. Häxor? Jaha, det låter ju ... *normalt*. Då vet de nog inte om "Operation eliminera make", som Joakim så naivt kallar det. Hon vill inte berätta var Joakim är, så hon tar den lätta vägen ur detta.

"Jamen så bra. Han är inte hemma här, men ... ring du, det ordnar sig", säger hon och skickar Joakims telefonnummer med ett sms.

Lite pinsamt är det ju att de inte berättat att han är där och leker lönnmördare. Att han liksom jobbar på deras uppdrag. Och ännu pinsammare är det att han inte lyckats. Han är ju faktiskt elitsoldat.

58

Gert kommer upp från källaren samtidigt som Ulrik kommer ner för trappan med dammsugaren.

"Jag tror jag kommit på ett nytt sätt", säger Gert ivrigt och ska ta dammsugaren från Ulrik.

Nu får det väl ändå räcka med städning.

"Jaså? Men jag kan dammsuga lite till", svarar Ulrik och ställer ner den bakom sig, som att han gömmer den för Gert.

"Varför då?"

Gert förstår inte alls vad vitsen är med det. Han tar dammsugaren och bär ut den i köket, ställer den i städskåpet.

Ulrik suckar, men han ser ju var Gert ställer den, han kan hämta den sedan. Till köket hittar han nog. Det är roligt när det är fint, att städa är han bra på.

"Vad för nytt sätt?" undrar Ulrik men blir avbruten av Birgit.

Gert blänger lite, så Ulrik förstår att det där, det får de prata om sedan. När de är ensamma.

"Ni är hungriga förstår jag. Sätt er", säger Birgit och sträcker ut handen mot bordet, "… så ska jag ordna med lite att äta."

"Fint du har det här", säger Ulrik till Birgit medan hon tar fram tre fryslådor från Dafgårds och sätter en i taget i mikron.

"Tack. Det skulle ju behövas en uppsnyggning, men jag är ju gammal, så …"

"Men så gammal är du väl inte!" utbrister Ulrik.

"Mamma är väl 65 år! Det är en ansenlig ålder på en gammal travhäst", säger Gert.

Han lägger i med ett gapflabb och slår sig på knäna.

"65 år? Nej, det är verkligen ingen ålder. Du var inte så gammal när Gert föddes då?"

"27 år. Och sjuk har jag varit sedan dess", säger hon och torkar en låtsad tår ur ögonvrån.

”Det är ingen fara med mamma”, säger Gert. ”Hon är bara lite nervklen.”

Han gör en grimas bakom ryggen på Birgit, som har fullt upp med att ställa in tiden på mikron.

”Nervklen, det är inte så lite besvär med det”, säger Birgit och sätter fram två av de tre formarna på bordet.

”Jag är 47”, säger Ulrik. ”Åren rullar på när man har roligt.”

”De gör ju det, fast roligt vet jag inte”, säger Birgit och skakar på huvudet.

”Nej, det förstås, så roligt har det nog inte varit.”

”Hur har du haft det då?” frågar Birgit då hon sätter sig ned med sin form med Kyckling flygande Jacob, en nationalrätt från sjuttiotalet.

”Ja”, säger Ulrik och ser ut att drömma sig tillbaka.

Han ser ut genom fönstret. Det regnar, vattnet rinner i små åar på rutan, bildar en pöl och rinner vidare. Precis som livet, det rullar på, stannar upp, och så går det vidare.

”Någon pappa har jag aldrig haft, han gick till sjöss när mor berättade att hon var med barn. Han kom aldrig mer hem. När jag var tolv så tröttnade mor med och lämnade mig hos farmor. Där hade jag det väl bra, det var hon och jag. Det var skolan och sen började jag på museet då, där hon städade. Jag började i arkivet och där är jag kvar. Bor kvar i farmors lägenhet med. Så inte har det hänt mycket inte ...”

Birgit ser på honom, förundras över att han verkar så ... tillfreds ändå. Så lugn och nöjd? Med det lilla han har, och har haft ... Hon vet inte vad hon ska säga. *Oj, det var tråkigt,* det kan man ju inte säga. Hon har väl inte haft det något roligare.

Hon ser på Gert. Nej, det har hon inte. Sievert, hemifrån på alla sina uppdrag åt kommunen, och vad han gjorde på alla konferenser kan hon ju bara ana. Men han var lång och stilig, oerhört charmig och svag för kjolar. Han roade sig medan hon satt här hemma och mådde dåligt.

Och så sonen. Hans dåliga betyg, hur han trodde att han kunde få allt han pekade på. Skrek sig till det. Och sedan alla rykten som gick om att han drack sig full och bar sig åt.

Och på allt det så giftes han bort med den där … frireligiösa avkomman! Hon skakar av sig missmodet. Hon kunde väl fått haft honom hemma här, hos sig. Han var ju allt hon levde för. Men de är ju här nu. De ska ha trevligt, ju! Inte sitta och tänka på gamla eländiga tider.

"Det är inte alltid såhär trevligt. Tänk om ni ville komma oftare", säger hon med en suck.

"Det gör vi gärna, det är bara trevligt." Ulrik nickar mot Gert, som faktiskt försöker le. "Och sjukskrivna är vi också, inget jobb i morgon."

Ulrik skrattar glatt och fyller på sitt eget glas med vin.

"Då kan ni väl stanna?" säger Birgit och skiner upp. "Till på söndag, du ska ju ändå hit i övermorgon."

Hon ser på Gert som rycker till.

Stanna här till på söndag? tänker han. Alla hans spaningar på … Äsch fan, jag skiter i det, jag är ju sjukskriven. Han stryker handen över plåsterlappen han har i pannan – jo, det gör allt ont. Han ser på Ulrik som ser gillande ut, och så nickar han. Då kanske Gert hinner bygga färdigt modellen han håller på med nu.

"Så ni kan stanna till på söndag!"

Birgit klappar händerna! Så roligt var det länge sedan hon hade.

"Kanske kan vi hjälpa till här, ordna lite i trädgården eller så?"

Ulrik ser frågande på Birgit.

"Det är väl för mycket begärt", säger Birgit som förväntar sig att Gert ska muttra något till svar.

Vilket han gör, men rycker på axlarna:

"Det kan du göra, om du tycker det är roligt."

Birgit tappar hakan så både kycklingen och löständerna nästan håller på att trilla ut.

"Jag … äh … jag gillar att klippa gräs. Det är ju bara fram och tillbaka innanför ett staket."

Gert tittar upp på Ulrik med en frågande blick. *Tycker om att klippa gräs?*

"Det är väl fel årstid för det", säger han.

"Kanske det ja", kommer Ulrik på, det är ju faktiskt oktober. "Men jag kan klippa träden, det gör man på vintern. Det vet jag, de har haft sådana temadagar på museet."

Han sträcker på sig, stolt över att han faktiskt kan något om trädgårdsskötsel mer än att det ser roligt ut.

"Vad bra", säger Gert och himlar med ögonen, innan han fortsätter att äta den goda maten.

”Hej, det är Jenny, hur är det?”

”Bättre”, säger Joakim, som tror att Thorwald ringt och berättat om hans matförgiftning, vilket han inte har.

”Bättre? Har du varit dålig?”

”Äh, ja ...”

Så han berättar om de ostekta vårrullarna från Thaihaket som ligger nere vid torget, och magknipet, utan detaljer. Att han var på sjukhuset, som tur var, och det räddade nog livet på honom. Han svimmade till och med, så sjuk var han.

”Men oj då, men vad gjorde du här på torget, och var du på sjukhuset? Här? Men vänta ... var du hos Gert?”

Jennys hjärna går på högvarv av misstänksamhet. Säkert är han utsänd, och säkert stämde det där med ”operationen” som Nancy talade om.

”Fan”, säger Joakim, och kommer på att han försagt sig. Jenny skulle ju inte få veta att han var här. ”Ja, jag är här på hotellet men tänkte åka hem. Vi får fundera ut plan B och ta tag i den när jag vilat mig.”

”Du ska inte åka hem”, säger Jenny med bestämdhet. ”Du ska bo i min lägenhet och ta hand om Sokrates medan jag och Cilla sätter plan B i verket. Jag har sagt till pappa att ni inte ska lägga er i! Sokrates älskar att sova, så det passar bra. Du ska ligga lågt, jäkligt lågt, med detta – det säger jag dig! Checka ut och kom hem till mig direkt i morgon bitti!”

Hon trycker ilsket av samtalet.

De sover oroligt, både Cilla och Jenny. Även Joakim snurrar i sin hårda hotellsäng, han hade gärna checkat ut redan i kväll och sovit på Jennys soffa. Men till sist somnar de alla tre och sover gott, vaknar utvilade i ottan. Jenny skickar ett sms till Joakim för att se att han är uppe. Vilket han är.

Medan hon väntar på honom ringer hon runt och bokar om tider. Torsdagens tider går lätt att flytta, och på fredagen har hon bara två på förmiddagen. Den ena visar sig vara förkyld, så det var ju bra. På söndag när de kommer hem hoppas de att deras bekymmer ska vara löst.

60

Cilla har tagit cykeln och är hemma i Gerts och hennes lägenhet för att packa med sig lite kläder. Det är mest mys- och festkläder hon har hos Jenny, men nu ska de tydligen ut i naturen, så då behöver hon kläderna hon brukar ha med till stugan. Där kan man inte lämna något på grund av mössen som tar sig in såhär års.

Det är så konstigt att vara här nu. Hon känner sig som en främling när hon går runt och ser sig om. Ändå är det bara tre dagar sedan hon bodde här, vilket hon aldrig mer tänker göra. Lägenheten känns död, tom och innehållslös. Möblerna är slitna, grå, trista. Köket borde ha renoverats för trettio år sedan, men då hade de fått dyrare hyra ... Det var det inte värt, enligt Gert. Hon hör hans gnälliga röst i huvudet och skakar på sig.

Hon lägger posten på köksbordet, det är bara reklam. Brevet som Jenny skickade om hans fortsatta behandling hos landstinget ligger öppnat på köksbänken. Bra, då har han ju varit här. Hon tittar i kylskåpet, häller ut sur mjölk, kastar en ostkant som skulle kunna krypa iväg själv. Gör i ordning en soppåse.

Hon går in och ser i sin garderob. Tar fram en väska och stoppar ner så mycket hon får plats med. Hon har ingen som helst tanke på att någonsin mer bo här, inte en enda natt till vill hon tillbringa i den där smala hårda sängen. Hon stryker handen över den: *Förlåt,* du har varit min räddning och tröst så många gånger. Hon ser sig om i rummet, hon får ta hit någon som gillar gamla saker den dagen lägenheten ska tömmas. En loppis är rätta platsen för de här sakerna, inte ett ombonat hem.

Hon ställer väskan bredvid soppåsen i hallen och tittar in i badrummet. Det luktar unket och mögel. Hon spolar i toaletten och sprayar lite med en gammal deodorant som står i det dammiga fönstret. Kanske det döljer lite av dofterna.

Finns inget här hon behöver, hon har allt hos Jenny. *Hemma hos oss,* tänker hon och ler. För det finns ingen återvändo nu, de har dragit igång spelet, tärningarna är kastade och det finns inget som kan få dem att sluta rulla. Inget.

Gerts rum. Hon står utanför den stängda dörren. Tänk om han ligger död i sin säng. Eller hänger därinne i lampkroken. Hon trycker ner handtaget och öppnar sakta. Ett stråk av besvikelse går igenom henne då rummet är tomt.

Hon går in, det är längesedan hon var här. Det är lika dammigt här, städar han inte? Inget hon kan anklaga honom för, hon har också slutat med det sedan det där med svampsoppan kom på tal. Vart nu den tog vägen, tänker hon med ett skevt leende.

Sängen är dock bäddad med militärisk sträckning av överkastet, hade hon ett mynt skulle det studsa. På bordet bredvid ligger en näsduk, inget mer. Ingen bok, inget godis. Krukväxten i fönstret har sett sina bästa dagar, hon ser inte ens vad den har varit. Att han, som är så petig med tider, hur han kammar sig, att skjortan är knäppt ända upp ...?

Hon skakar på huvudet och öppnar garderobsdörren. Hon ska ha med sig tre saker som tillhör honom och som hon vet att han använt mycket.

Hon ser på näsduken på bordet. Nej, inte så nära. Gärna något som han inte märker när han kommer hem ... för det gör han väl? Han borde ha varit hemma nu? Eller, han jobbar väl, även med hjärnskakning! Det är klart han gör, tänker hon och drar ner en slips från den speciella slipsgalgen. En blårandig som hon vet han använt mycket. Den är fransig i kanten så den använts nog inte längre.

Så ser hon ner på golvet. Bra, där står de gamla tofflorna som han inte använder längre men är för snål för att kasta. Dem tar hon med. Och så en sak till ... hon bläddrar bland skjortorna, alla i blåa nyanser. Där! Den blå stickade västen som Jenny gjort, den tar hon. Så nu kan de sejda över dessa tre ting, för att göra honom snäll ...

Cilla skrattar högt för sig själv, men bannar sig. Hon måste ju tro. Måste tro, veta, och ha modet att göra det!

61

När hon cyklar hem – inte *till Jenny* utan *hem* – med packning både på pakethållaren och i cykelkorgen, undrar hon vad som kommer att hända på lunchen om Gert kommer inrusande i matsalen och gapar när hon inte är där. För om han jobbar kommer han ju även att åka förbi sjukhusets matsal.

Men ... kan han vara sjukskriven? Av läkarna, det borde han väl ... I så fall är han garanterat hemma hos Birgit. Hos lilla mamma, som tycker mer synd om sig själv för att hon har en klumpig son, än om sonen. Så är det säkert. Hon hoppas innerligt att det är så, men som Nancy sa: *Vet, inte tro*, så är det så. Hon vet att Gert och Ulrik är hos Birgit.

Cilla kommer samtidigt som Joakim. Hon ställer ifrån sig cykeln i samma stund som han kliver ur bilen. Den gröna Opeln som han hyr.

"Men hej, är du redan här?" säger hon full i skratt.

Hon vet ju att han inte kört från Stockholm.

"Jag var redan här", säger han och kramar om henne innan han erbjuder sig att bära hennes väskor.

På vägen upp i hissen berättar han allt som hänt sedan Thorwald, Veronika och han hade sitt hemliga möte om att hjälpa till, men i det tysta. Han nämner inte att de kallat det Operation eliminera make med kod tre sju. Men det *vet* ju Cilla redan.

"Men vad ni är rara!" utbrister hon när hon låser upp dörren och låter honom gå före in.

Tänk, för min skull, tänker hon och får en tår i ögat – en tår som Jenny snabbt torkar bort med en kyss.

"Välkommen", säger hon och kramar om Joakim, sin storebror, som fanns så perfekt tillhands.

"Vem är Sokrates?" säger han och ställer ifrån sig sin egen bag.

"Vi får skynda oss, planet är bokat och Nancy är på väg hit i taxi. Du kan köra oss, Joakim."

Jenny far iväg till sovrummet för att packa färdigt.

"Sokrates är katten", säger Cilla och pekar.

Han ligger utsträckt med hela sin smala gracila lekamen på köksbänken, lyfter inte ens på ögonlocket när de pratar om honom. Det är bara ordet "mat" han reagerar på.

"Katten? Men … jag är allergisk", säger Joakim och ser aningen skeptisk ut.

"Tråkigt för dig, då får du åka ner till apoteket när du kört oss och köpa allergitabletter", säger Cilla och bara ler.

Hon tror mer på att han är rädd för Sokrates. Han kan se aningen bitsk ut.

"Hallå!" ropar Nancy då hon öppnar dörren. Hon har en väska på hjul med sig som hon drar in och ställer i hallen. "Men så fint ni bor här!" Hon går fram till fönstret som vetter mot stadsparken och nickar. "Flott! Och du är Joakim!"

Hon vänder sig om och ser på honom. Han nickar och kommer mot henne med utsträckt arm för att ta i hand. Hon omfamnar honom.

"Vill känna dina energier", säger hon.

Håller honom från sig och ser på honom.

"Ont i magen?"

Han nickar och rynkar pannan. Hon tar fram sin handväska som hänger över axeln och rotar lite innan hon får upp en tepåse och sträcker den till honom, med löfte om att det kommer att gå över med det samma.

"Det hjälper nog även mot allergi", säger hon och blinkar åt honom.

Cilla skrattar. Joakim förstår ingenting. Vad är detta?

"Du ska ha den här med."

Nancy tar fram en nyckel.

"Jaha? Vart går den?" frågar Joakim då han tar emot den.

"Den går till min källardörr. Du får gå runt huset och där på baksidan är en trapp ner, den dörren går nyckeln till. Och så i rummet innanför finns en frysbox. Längst till vänster i den ligger det små påsar. Du tar upp tre påsar varje dag. Hänger du med?" frågar Nancy utan att invänta svar. "Sedan går du upp för trappan som är i rummet bortanför rummet där frysen står, då kommer du upp i huset. Du fattar när du kommer dit. Där uppe öppnar du påsarna och lägger ut innehållet. En på bordet, en på trappan och den sista på ryggstödet till soffan. Okej?"

"Okej …", säger Joakim och måste tänka efter så att han hängt med i hela svadan. Ner i källaren på baksidan. Frysen. Uppför en trappa i nästa rum. Bordet. Trappan. Ryggstödet. Okej. "Men var bor du, och vad är det i påsarna", frågar han med ett visst darr på rösten.

"Jag bor i Kråkhuset. Det vet du var det är, på vägen ut till Fräkna?"

"Det stora, grå huset …?"

"Ja, precis", säger Nancy.

"Men vad är det i påsarna då?"

Joakim ser undrande ut och väger nyckeln i handen.

"Mat, till Ra. Fågeln", säger hon.

"Mat till fågeln? Det är inte hirskolvar till en undulat du har i frysen, va …?"

"Nej. Det är det inte. Tre om dagen. Tack, det var snällt. Är ni klara flickor?"

62

"Har ni sovit gott pojkar?" frågar Birgit när de sätter sig vid frukostbordet.

"Utmärkt", säger Ulrik som har boat in sig i det stora sovrummet på övervåningen.

En sådan bred säng att han har känt sig kunglig som fått ligga så fint. Det är så snålvattnet börjar rinna när han ser på allt gott som är framdukat på köksbordet.

Birgit har varit uppe tidigt och kokat ägg. Tagit fram prickig korv, ost och två sorters bröd. Visserligen inte hembakt, men ändå. Hon har gjort kaffe i termos som Gert förser sig av innan han kan säga hej över huvud taget.

"Jag skulle behöva åka hem och hämta lite rena kläder", säger Ulrik och ser på Gert, ber med blicken att han ska följa med, till och med köra honom ...

"Det gör vi sen", säger Gert som nu fått i sig första koppen kaffe.

Han häller upp en kopp till medan Birgit skalar ett ägg till honom, och brer en smörgås.

"Jag kan själv", säger Ulrik när Birgit erbjuder även honom en bredd smörgås.

Hon nickar gillande.

"Kan ni handla lite också, när ni åker? Jag tänkte det kunde vara trevligt med något gott, lagad mat? Vad säger ni?"

Birgit ler med hela ansiktet. Hon känner sig glad. En känsla som hon inte vet om hon någonsin känt.

"Vi handlar", muttrar Gert. "Och vi ska till Systembolaget."

"Förstås", säger Birgit och ler.

"Det låter som det blir en riktig fest då."

Ulrik myser och doppar en prickigkorvsmörgås i kaffet, något han gjort sedan han var liten.

Gert ser på och muttrar något om blött bröd, men han säger inget utan stoppar halva ägget i munnen.

De äter färdigt och så ger de sig iväg. De hinner knappt sätta sig i bilen innan Gert exalterat börjar berätta om väggen nere i källaren. Hur lätt det vore att mura in en människa där. I det här fallet hans fru.

"Men hur ska du få dit henne då?" undrar Ulrik.

Att mura in henne, ja kanske. Han tycker det låter långsökt. Man kan ju inte mura in henne levande, väl?

Gert blir tyst. Han knackar med fingrarna på ratten medan han sakta kör ut ur Fräkna. Det är både blomkrukor och gupp i vägen för att folk ska köra som folk bland villorna. Han tittar på Ulrik.

"Tänkte inte på det", säger han.

"Nähä", säger Ulrik. "Men vi ska hitta henne, döda henne, forsla henne till huset, ta in henne utan att Birgit märker. Och så skaffa murbruk."

"Okej! Jag fattar! Det var en dum idé! Okej!"

Gert sträcker upp sig i förarsätet, fortsätter att knacka på ratten.

Ulrik blir tyst. Han känner sig nästan generad. Att han kunde räkna ut omöjligheten i Gerts fantastiska idé såhär snabbt. Det var som att det kom en snilleblixt från ovan, liksom. Han sneglar på Gert. Det där borde väl han kunnat räkna ut själv?

63

När Joakim släppt av resenärerna vid flygplatsen tänker han att det är lika bra att åka till Kråkhuset när han ändå är ute. Se sig om så han vet hur det ser ut. Han har aldrig varit i Aspnäset innan, inte Fränka heller, så han vet inget om vare sig Kråkhuset eller dess rykte. Det är väl inga större problem att titta till en fågel, vad det nu är för sort.

Han har Jennys bil och den ligger som ett strykjärn efter vägen. Han kanske till och med gasar på lite för mycket. Det här var annat än en stridsvagn. Bättre än en Opel med för den delen. När han kör in genom de rostiga grindarna till Kråkhuset går det kalla kårar efter ryggen på honom. Skärp dig, tänker han. En krigare från Afghanistan ska väl inte banga för ett … spökhus.

Han sitter kvar och stirrar på huset. Osäker, men säker på att han kommit rätt. Självklart bor Nancy här. Men trots att det är förmiddag så är det som att skuggorna ruvar på hemligheter och demoner. Det är så han hör vinden, kedjor som rasslar och någon som ropar bakom honom.

Joakim tar mobilen i ena handen och nyckeln i den andra och letar sig runt huset. Genom en trädgård med fruktträd som inte blivit skötta på många år. Deras grenar spretar efter honom som att de ville fånga in honom, trassla sig in i hans armar, hans hår. Han kliver i det höga gräset och suckar lättat då han finner trappan ner till källaren. Tar snabbt trappstegen ner till dörren.

Han tänder ficklampan på mobilen redan utanför, det är säkert becksvart där inne. Konstigt nog så kärvar inte nyckeln, dörren glider lätt upp. Han låter den stå på glänt, det kommer ju lite ljus utifrån. Frysboxen står där Nancy sa att den skulle och han hittar även de små paketen. Mobilen lyser upp bra, så han bryr sig inte om att leta efter någon lysknapp.

Han undrar däremot vad för fågel det är som ska möta honom. Troligtvis en kråka i Kråkgården, eller kanske en falk. En falk vore häftigt. Han ser synen framför sig där den sitter på en handskbeklädd hand med läderhuva för ögonen. Hur den vrider på huvudet.

I samma sekund som huvan tas av breder den ut sina vingar och lyfter. Seglar upp och följer vinden. Högt däruppe glider falken och ser ner mot marken. Kanske ser den en mus, som den … Joakim rycker till. Ser på de små paketen han har i handen. Möss?

"Å fy fan", säger han högt.

Han kommer upp för trappan och kliver ut i ett stort rum. Nancys hall och vardagsrum. Han ser sig omkring. Det är en sådan där gråkall höstdag som aldrig blir ljus, så mörkret ligger som en dimma i rummet. De mörka väggarna, alla dessa tavlor med skog som ser förtrollad ut. Tavlor där havet piskar på klippor så skummet yr. Han nästan fryser till.

Det är bara en liten lampa i fönstret som lyser upp rummet och kastar långa skuggor. Han går ett varv runt det stora bordet. Känner på stolsryggarna, som får även honom att tänka på *Familjen Addams*. Han ser inte var han sätter fötterna och trampar rakt in med foten i björnens gap. Den ligger på golvet framför soffan och den stora öppna spisen. Han faller raklång, platt på golvet.

"Aj, fan", svär han när han kravlar sig upp.

Hoppar iväg på ett ben, ont som satan i tårna. Han saknar sina militärkängor med stålhätta.

Han håller sig i ryggstödet på en stol medan smärtan klingar av. Var är den där jäkla fågeln då, tänker han. Lika bra att få det gjort. Med en grimas börjar han att öppna de små iskalla plastpåsarna.

64

När Gert och Ulrik närmar sig Kråkhuset saktar Gert ner. BMW:n står inte på samma plats där den stod igår. Han stannar ute på vägen. De sitter och ser på huset. Det ser så ödsligt ut, ensamt på något vis. Han startar bilen igen och parkerar intill grinden, så långt ut på vägrenen som det möjligtvis går.

"Vad ska du göra?" viskar Ulrik.

"Kolla lite bara", säger Gert och kliver ur bilen.

Ulrik gör det samma. De går sakta genom grindarna, följer den igenväxta gången fram till trappan men viker av och går mot baksidan. Kanske kan de se in i något fönster. De går längs den nedtrampade stigen i det höga gräset. Gert ser direkt att källardörren står på glänt, och han pekar åt Ulrik, som nickar.

Det måste ju vara en mening med att dörren står öppen, som att de är välkomna att gå in och titta. Om än bara lite. De smyger sig ner för trappan och öppnar sakta dörren, ifall den gnisslar, men ljudlöst glider den upp.

De kliver över den höga tröskeln, och även Ulrik som är van att sitta nere i källaren på museet tycker att detta är lite i läskigaste laget. Han känner sig kissnödig. De kommer fram till frysboxen.

"Varför har en ensam människa en så stor frysbox?" viskar Ulrik.

"Det vet inte jag, hon kanske har sitt ex i den", viskar Gert tillbaka och fnissar.

Ulrik ryser, men de går vidare och kommer fram till trappan. De pekar uppåt, ingen av dem vet varför de viskar. Det verkar så tyst att det säkert inte är någon hemma. De kanske är ute och joggar, det är ju vanligt, tänker Gert och suckar, för det är något han absolut inte förstår varför någon gör frivilligt. Sakta börjar de gå ett steg i taget, Gert före och Ulrik steget efter.

Det är några steg som knarrar under deras tyngd, de försöker parera det så gott det går. Men är det ingen hemma så är det ju löjligt att gå här och smyga. Men tänk om de är här? Bilen stod ju här? Gert ryser vid tanken på att bli påkommen. Han är uppe vid dörren. Den är öppen men så väl igenskjuten att han ändå inte kan se något genom springan. Han måste hämta andan innan han kan gå in.

Det är möss! Små jävla skogsmöss, fy vad äckligt. Joakim önskar att han hade haft handskar på sig. Plasthandskar. Men han får upp den första påsen och ska till att tömma ut den på bordet när han hör något bakom sig. Han vänder sig om och får syn på de två lika snopna kumpanerna som trängt sig in – säkerligen inte med uppdraget att mata fågeln, som han inte sett än.

De står stilla och bara stirrar på varandra. Joakim känner igen de två tokarna som han har förföljt tidigare. De två som han var helt säker på skulle råna Coopbutiken, att de rekognoscerade flyktvägen när de körde alla dessa varv runt kvarteren närmast butiken. Cillas man och hans vän. Gert. Operation kod tre sju. Det är han. Är det nu det ska ske?

Den långe som Joakim fick på bild när han stod och grät bredvid trappan, där Saaben stod färdig för skroten. Femhundra kronor fick han för bilden av Aftonbladet. De står nu och stirrar på varandra med frågande, undrande blickar. *Vad gör ni här? Vem är du? Vad ska vi göra nu?*

Just i denna stund då de tre står tysta och mäter in varandra så som handjur gör sitter Nancy, Jenny och Cilla på planet på väg till Aberdeens flygplats. De har cirka fyrtiofem minuters flygning kvar. De är alltså mitt ute över Nordsjön. En plats som man inte vill störta på. Vilket naturligtvis inte kommer att ske, men Nancy rycker till och ser på Jenny som sitter i mitten av deras treplatssäte.

"Vad?" säger Jenny med så frågande röst att även Cilla böjer sig fram för att se på Nancy, där hon sitter längst in vid fönstret.

"De är i mitt hus", säger hon med förvånad min.

Hon drar ihop ögonbrynen och tänker.

"Vilka?" säger Cilla.

"Joakim är där ... och de andra två. Det är spänt, de har just märkt varandra."

Nancy blundar. Jenny törs inte andas och Cilla tar hennes hand. *Vad fan gör de där? I Kråkhuset?*

"Gör något", viskar Cilla till sist, "men gör det tyst."

Nancy nickar, och så andas hon in djupt:

"Ra", viskar hon med en hes stämma. "Raa, Raaa."

Det kryper i skinnet på Cilla, Jenny sväljer och blundar. Cilla tänker att det kanske är lika bra att hon gör det med. Det känns som att tiden står still, att de liksom svävar – vilket de i och för sig gör, men av egen kraft, liksom. Cilla vet inte vad hon ska tänka så hon tänker det Nancy sa: Ra Ra Ra ... De sitter där och blundar och håller varandra i hand när flygvärdinnan kommer fram och frågar om de vill ha något mer att dricka.

"Vatten", säger Cilla.

Vilket gör att Nancy rycker till. Vatten ... *nej, inte i mitt hus!* Hon försöker rädda upp det genom att tänka fort och intensivt: "Ra! Ra! Ra! Gånger tusen Ra! Gånger tusen Ra!"

I samma stund hör de tre som står och stirrar på varandra, utan att få fram ett ord, hur någonting börjar röra sig på övervåningen. Det svischar liksom, ljudet blir starkare och starkare. Joakim tänker att det är Ra, vilket han har rätt i. Men han tänker sig ju Ra som en ensam falk, vilket inte stämmer. För i nästa sekund kommer inte en falk flygande ner för trappan utan korpar, först några, sedan några till och troligtvis är det tusen korpar.

Tusen svarta korpar som flyger fram och åter, precis över deras huvuden. De svingar sina vingar så de slår dem i huvudet. Männen skriker och duckar, men finner det hopplöst. Medan fåglarna vänder och flyger närmare dem kryper de ihop på golvet, välter stolarna och kravlar sig in under bordet.

De sitter där och håller händerna över sina huvuden medan fåglarna fortsätter att attackera bordet och även dem där under. Ljudet av tusen korpars flaxande är öronbedövande ihop med deras skrik; ORP! ORP! ORP!

Joakim vet inte vad det är som händer, han har aldrig sett något liknande. Han ligger under bordet med händerna om huvudet. Hur skulle tre möss räcka till alla dessa? Vad fan är det som sker.

Gert tänker inte en enda klar tanke. Det är helt tomt men ändå en tornado i hans huvud. Han är helt på det klara med att han kommer att dö nu. Hans liv passerar revy. Hans pappa är där och ställer och styr. Cilla skrattar. Birgit gråter. Han förstår inte vad det är. Fåglar? Inomhus? *Mamma!*

Ulrik har kissat på sig. Korpar! Det är korpar, han både känner igen dem och vet hur de låter. De har en fågelavdelning på museet som han brukar besöka. Han brukar tycka mycket om fåglarna men inte nu längre. Skräcken kryper på de våta låren.

Efter en stund som känns som en evighet börjar fåglarna flyga upp för trappan igen. När flocken tunnas ut mer och sista fågeln försvinner törs de titta fram under bordet. Ulrik som med hela sin långa lekamen har tryckt ihop sig försöker räta ut sig, med det resultatet att han ser rakt in i en björns stirrande ögon och stora gap.

Hade han inte redan urinerat så skulle han ha gjort det nu. Han rycker till, slår huvudet i bordskanten och skriker till, samtidigt som något varmt rinner nerför tinningen på honom. Han stryker handen över kinden som färgas röd. Gert kryper före fram under bordet, vänder sig om på grund av sin kamrats skrik och ser blodet rinna nerför kinden.

Gert reser sig försiktigt, men det snurrar till i huvudet vid åsynen av blodet i Ulriks ansikte. Han ser sig inte för utan råkar ut för samma sak som Joakim, han snubblar på det där förbannade björnhuvudet. Faller raklång, men hamnar mjukt på björnens tjocka päls. Ulrik som fortfarande stirrar in i björnens ögon ser ju att den rör sig, att den lever. Han skriker rakt ut åter igen, för tusen björnar finns det ju ingen som mäktar med.

Joakim ligger på rygg under bordet, svetten rinner över hela kroppen. Han ser minor explodera, han ser Nickes kropp splittras … han befinner sig i en skyttegrav i Afghanistan. Det tar någon minut med djupa andetag innan han inser att han ligger under ett bord tillsammans med sina fiender.

Så, Gert ligger på björnfällen, mjukt och skönt och håller sig om huvudet som han redan har en pågående hjärnskakning i. Ulrik ligger på alla fyra och försöker dölja sina blöta byxor, samtidigt som han försöker torka bort blodet i ansiktet och letar efter något att slå i huvudet på björnen som han tror har anfallit hans bäste vän, hans kompis, hans kamrat – medan han skriker för att skrämma nallen så den låter bli att äta upp hans kompis.

Joakim ligger fortfarande blundande och djupandas. Hans tomma mage krampar, huvudet värker och hans sällskaps skrik får det att rycka i honom av ännu mer minnen från krigszonen. Han ser blodet som droppat på golvet, han ser Gert ligga raklång som om han vore död. Ulrik har lagt sig på sidan och håller ena handen på sin blodiga panna och den andra i skrevet. De känner alla att nu tar det slut. Det var såhär livet skulle sluta.

I det ögonblicket börjar det regna.

67

Nancy känner en lättnad. Fåglarna har gett sig av, Ra är i säkerhet. Men hon undrar över vattnet. Hon intalar sig att tro, att veta, att det inte är riktigt vatten. Det är bara en synvilla. Det är bara de tre inne i hennes hus som upplever vatten. Det är bara fejk, det är bara på låtsas.

Hon fnissar för att förstärka tanken, vetskapen, om att det inte är på riktigt. Inget riktigt vatten. Hon fnissar så att hon blir full i skratt, som när en oerhörd spänd stund släpper och ett befriande skratt väller upp utan att man kan stoppa det.

Skratt smittar, så snart börjar Jenny med. Cilla skakar på huvudet åt dem, men kan inte hålla sig heller. De ser ganska komiska, rätt underliga ut där de sitter och håller varandra i hand och skrattar. De måste vara konstiga på något vis? Eller gå på droger? Usch, att de släpper på berusade personer på planet. Det kan ju faktiskt vara farligt.

Folk runt omkring dem i planet undrar vad det är som är så roligt att de sitter och fnissar, skrattar rent utav. Men, som sagt, skratt smittar. Så snart börjar de bakom dem också skratta. De som sitter framför vänder på sig, ser på dem, ser på varandra och så börjar de också skratta. Till slut sitter hela planet och skrattar.

Så pass att piloten kopplar på autopiloten och går ut och tittar på sina passagerare. Han har aldrig varit med om maken. Är det fel på syret? Har syrgasen börjar läcka? Är det lustgas de fyllt på i stället för syrgas? Vad är detta? Han fnissar till, och snart skrattar han med, så att han måste hålla om flygvärdinnan. Henne som han länge tittat efter, som han suktat efter under många gemensamma arbetstimmar.

Och nu är det som att allt släpper. Nervositeten, rädslan, och han ser på henne – rakt in i hennes mörka ögon. De är så vackra, ögonen med sina täta fransar. Han böjer sig fram mot hennes skratt, hennes leende, och han kysser henne. De står i mittgången och kysser varandra, något som de båda har längtat efter att få göra. Den skrattande samlingen av passagerare ser dem och börjar applådera. Även raden med de tre som började detta applåderar. Vilket hörs ända hem till Kråkgården.

De tre som legat under ett bord har nu tagit sig ut. Ra sitter på ryggstödet till soffan och följer deras rörelser med sin skarpa blick. Han är ensam. De andra niohundranittionio korparna är som uppslukade av jorden. Regnet vräker ner, det slår i bordet, det smattrar på golvbrädorna, björnfällen är snart genomsur.

Joakim struntar i de två påsarna han inte fått upp än, det får den där jäkla fågeln klara bäst fan han vill. Han rusar ner för källartrappan med de två inkräktarna efter sig, blöta som dränka kattungar. De tar sig på rad förbi frysboxen och ut, raglar snubblande upp för trappan och stannar ovanför, aningen chockade. Begriper inte vad som precis hänt. Vad var detta konstiga de nyss varit med om?

De ser på varandra, generat. Allra helst Ulrik. Tack och lov för regnet. Nu är de ju så våta att det droppar ur håret på dem alla tre. Det syns inte att han kissat på sig. Han drar en lättnadens suck och får upp en våt näsduk ur fickan som han trycker mot såret i pannan.

"Fy vad otäckt det här var", säger han, för något måste de ju säga.

"Riktigt *scary*", säger Joakim och försöker dra vatten ur håret.

Gert säger ingenting, han nickar.

"Men, vad gör ni här?" säger Joakim. "Ni har ju faktiskt inte lov att vara här. Jag skulle kunna ringa polisen."

"Vad gör du själv här?" fräser Gert så Ulrik rycker till.

"Jag matade ju för fan fågeln. Det skulle bara vara en", säger Joakim irriterat och försöker stryka bort vattnet ännu en gång ur håret och skägget.

"Har hon en korp?" säger Ulrik.

"Hon sa 'en fågel'. Jag trodde det skulle vara en falk, men … var det korpar?" säger Joakim och ser på Ulrik, som nickar.

"Ja, de låter så också, som att de säger korp, fast mer 'orp'."

"Hon är en häxa! En jävla häxa!" säger Gert och tar av sig jackan som han försöker skaka torr, vilket inte går så bra.

Han drar på sig den igen.

”Kanske det”, säger Joakim, ”men det förklarar ju inte varför ni är här.”

”Det där”, säger Gert och pekar på den lilla grå sportbilen, ”det är min frus älskarinnas bil. Jag har väl all rätt att veta vad de gör här?”

Han sträcker på sig och försöker bli lika lång som Ulrik och Joakim, men lyckas dåligt.

”Det har du inte! Du har inte ett jäkla skit att göra med vad de gör. Om du inte begripit det innan så är ert äktenskap för längesedan slut. Det är slut! Det var det innan det började”, skriker Joakim, för nu är han förbannad.

Den här lilla jävla råttan ska inte tro att han gör som han vill. Joakim skulle kunna döda honom med sina bara händer, bara han inte hade vittnet – den där jävla magra idioten som luktar piss.

”Jag fryser”, säger Ulrik. ”Skulle vi kunna reda ut det här senare. Jag vill hem och ta på mig något torrt, det borde ni med.”

De andra två ser på honom. Han ser ut att börja gråta närsomhelst. De ser ner på sig själva, och visst är det kallt. Förbannat kallt.

”Du behöver till sjukan, det där kanske behöver sys”, säger Joakim.

”Nä va?!” utbrister Ulrik och ser bekymrat på Gert, som bara nickar.

”Vi åker och byter kläder först, sedan till sjukan”, säger Gert och blir nästan häpen själv över att han kunde fatta en sådant snabbt beslut.

”Okej”, säger Joakim. ”Men i morgon förmiddag, klockan tio, ses vi på caféet mitt emot Coop. Vi ska reda ut det här. Kommer ni inte anmäler jag er för inbrott.”

Han nickar mot huset.

”Varför just där?” säger Gert så rösten nästan spricker.

”Därför.”

Joakim säger inget mer utan går mot bilen. De andra står kvar en sekund eller två, innan de skyndar sig till sin bil.

69

Nancys systrar driver fortfarande *Bed and Breakfast* i det vackra gamla stenhuset med anor från 1600-talet, där familjen har bott i generationer. Förr var det en stor familj men nu är det bara de tre systrarna kvar. Och om det inte vore för de kurser de även håller om kraften de besitter skulle gåvan dö ut med dem, vilket vore väldigt tragiskt.

Huset ligger i utkanten av Stonehaven som är en lika gammal stad, om inte äldre, några mil söder om Aberdeen. De blir så väl emottagna med te och scones framför en brasa i det lilla men gemytliga vardagsrummet där varje kvadratmillimeter yta fylls av fotografier, vackra figuriner, halvädelstenar i skålar i alla färger och former, drömfångare och trummor som hänger på väggarna.

Cilla vet inte vad hon ska se på, allt kommer liksom över henne. Det är vackert och verkar vara i ordning trots sitt kaos. Hon sätter sig i soffan och Jenny sätter sig bredvid. Nancys systrar sätter sig i varsin fåtölj medan Nancy sätter sig på golvet, på en hel hög med kuddar. Kuddar fyller även soffan och fåtöljerna, tillsammans med flera lager plädar.

Så här års är det lågsäsong här och de har bara en gäst. En författare som sitter i vindsrummet och försöker finna sin inspiration. Hur han nu ska hitta den där och inte ute på de vackra hedarna eller vid den steniga kusten som sluttar ner i havet. Där den iskalla Nordsjön slår sina hårda vågor mot klipporna. Det är det nog bara författaren själv som förstår, eller tror på.

De har några rum inne i stora huset men även ett annex, ja ett uthus om man så vill, med rum som de hyr ut och även håller kursen i.

Patricia, kallad Pat, och Sally, kallad Sally, är några år äldre än Nancy och de strålar båda två när lillasyster kommer hem på besök. Pat är lika lång och smal som Nancy medan Sally är mindre och knubbigare. Svårt att tro att de är systrar, men man hör det när de pratar med en dialekt som kan vara svår att hänga med i för Cilla och Jenny.

De berättar om saker de varit med om, händelser när de var små, då deras mamma och mostrar lärde dem hur det var att ha den här gåvan. Vissa kallar den en förbannelse, men det gäller att lära sig hur man ska tackla den. Då är det en gåva. Man måste ha respekt för den. Och för de andra dimensionerna.

Det har varit många kvinnor i släkten Halloway, alla med gåvan, och förmågan att lära sig förvalta den. För det måste man, säger Sally. Om man inte förvaltar den rätt kan den vända sig till de mörka energierna och då blir det fel, helt fel.

"I morgon kväll ska vi utföra en ceremoni", berättar Nancy och båda hennes systrar nickar.

"Då är det fullmåne, och starkare energier finns inte."

Pat nickar åt sina egna ord.

"Ja, det ska till och med vara blodmåne!" utbrister Sally och skiner upp i ett stort leende.

"Vad är det?" frågar Jenny.

"Då hela månen lägger sig i jordens skugga och solens ljus sprider sig så den ser röd ut. Vilket ger väldigt starka energier, så det var bra att ni kom just nu", säger Pat och ler med hela ansiktet.

"Ska vi vara här?" frågar Cilla.

"Nej, vi ska vara på Dunnottar Castle, vid Saint Ninians kapell. Men det tar vi i morgon. Nu ska vi laga middag. Jag är hungrig."

Nancy reser sig och plockar ihop alla urdruckna temuggar. Måtte vi inte få haggis, tänker Cilla.

70

När Joakim kommit tillbaka hem till Jennys lägenhet tar han en dusch. Med extra varmt vatten efter den chockartade upplevelsen med både korpar och regn. Han kan knappt tro att det faktiskt hände. Det är nästan så att han är tacksam att de där två dök upp, för att uppleva det där ensam … nja.

Han lägger upp lite mat till Sokrates, som har följt honom med misstänksam blick från köksbänken sedan han kom. Joakim försöker att blidka honom innan han sätter sig i soffan och ringer till Jenny. Han frågar om resan gått bra. Hon svarar väldigt svävande tycker han. Hon frågar i samma mening hur det var hemma hos Nancy och hur det var med Ra.

"Hur vet du att jag varit där? Ra fick väl mat i morse, av Nancy?"

Jenny är tyst en stund innan hon drar ett djupt andetag och svarar.

"Sluta spela svår. Vi vet att du var där, och att du fick besök med."

"Va? Har ni kameraövervakning på huset?"

Joakim blir orolig, han vill verkligen inte att de ska ha sett hur, i hans ögon, mesigt de burit sig åt.

Jenny skrattar till:

"Nej, men har du inte förstått vad Nancy är?"

Han tänker efter, vad var det Gert sagt … *Hon är en häxa!*

"Du menar … du menar att det är sant? Ryktena om … att hon är en häxa?!"

Joakim reser sig upp och stryker handen genom det blöta håret. Han ställer sig vid bänken och ser på katten, som noga tvättar sig i ansiktet genom att slicka på tassen och stryka den över sina mungipor.

"Ja! Det är klart det är sant." Jenny skrattar. "Vem tror du ordnade med tusen korpar?"

"Det var lite *scary*, faktiskt. Och regnet var inte så *nice*, inomhus liksom."

Regn, tänker Jenny men säger inget om det. Då fick Cilla vatten då … hoppas det bara blev en synvilla.

Joakim stryker Sokrates över ryggen innan han börjar gå fram och tillbaka. Stannar vid fönstret och ser ut mot parken. Han har inte sagt något om vare sig korpattacken eller gubbarna, hur vet Jenny det, om inte …

"Fy fan, det här är ju kusligt", säger han. "Finns det någon whisky här?"

"Haha, nej, men rödvin i skåpet över kylen."

"Jag köper en ny i morgon till dig."

"Behövs inte, du får den för hjälpen."

"Å tack, en hel flaska vin för att jag nästan offrade livet idag. Tack, det var gentilt."

"Kanske köper jag med en flaska whisky till dig då", säger Jenny och skrattar. "Men det var nog aldrig någon verklig fara, mest en illusion."

"Det var nog så verkligt. Vi kände fåglarnas vingar och var totalt dyngsura då vi tog oss ut från huset. En jäkla storm var det! Faktiskt! Men det vore uppskattat, verkligen, med en äkta skotsk whisky."

Joakim låter mer allvarlig.

Jenny förstår att händelsen skrämde honom, hon själv hade nog dött på kuppen. Hon ska fråga ut honom om tiden som elitsoldat, vad han egentligen gjorde. Han verkar inte vara den där machokillen han utger sig för.

"Men, vad är det ni gör där, egentligen? Det är väl inte bara semester?"

"Nej, här blir det ingen semester. Vi ska jobba i morgon natt. En häxritual vid något slott, jag vet inte så noga. Får berätta mer efteråt."

"Okej, låter kusligt. Vi ses på söndag", säger Joakim och knäpper av samtalet.

Han letar reda på rödvinet och sätter på teven. Inte för att han ser så mycket av det, han har fått en del att fundera på. Nancy är alltså en häxa och frammanade alla dessa korpar? Hur fan bar hon sig åt? Han måste åka dit i morgon igen, mata den där jäkla fågeln, i dagsljus. I mörkret tänker han inte åka dit, aldrig i livet!

Fast det var fullt dagsljus då han var där idag, ändå var det så skrämmande. Och om det stämmer som Jenny sa, så borde huset vara torrt ... det verkar helt osannolikt. Det var enorma mängder vatten, det borde vara vattenskadat. Hoppas hon har huset försäkrat.

Men först ska han träffa de där två filurerna som smyger omkring och skapar oreda. Ta reda på vad de håller på med, egentligen.

71

När Joakim kommer in på caféet är klockan tio över tio och de andra två sitter redan där och ser på klockan. Det är ren strategi att komma sent. Göra dem nervösa. De har inte beställt kaffe utan väntar på honom. De snåla jäklarna vill väl bli bjudna, tänker han.

Tre kaffe och tre wienerbröd plockar han åt sig och får en bricka som han sätter på bordet framför de två andra, som nickar med lyster i ögonen. Joakim suckar åt deras patetiska snålhet. Han tänker sätta upp det här på räkningen till Thorwald. Som han nu kommer att tänka på att han glömt ringa. Nåja, det kan han göra sedan.

Gert tar till sig en kaffekopp och ett wienerbröd innan Joakim ens satt sig ner. Ulrik har i alla fall vett att invänta och ställer ner en kopp framför Joakim först innan han tar den sista till sig själv. Vilket Gert inte ens uppmärksammar då han slickar sig om sina kletiga fingrar.

"Hur gick det med såret?" frågar han och ser på Ulriks plåsterlapp.

"Bra, tre stygn. Det gick bra", svarar han och håller lite på plåstret och ser på Gert, som tittar upp irriterat från sitt wienerbröd.

"Det tog halva dagen på akuten", säger Gert och suckar men pekar på sitt eget plåster som han fick bytt då de ändå var där.

Nu har de varsitt likadana på nästan samma plats. Han ser på Ulrik och ler stort.

"Ni hade väl inget annat för er ändå", säger Joakim och Gert blänger tillbaka.

Gert har ju sin mamma, och de skulle ju både hämta kläder och handla. De blev sena och Birgit hann att bli orolig. Det var inte alls roligt. Och Birgit har då bara brytt sig om Ulrik och hans sår hela kvällen. Nästan så hon bäddat ner honom och sjungit vaggvisa för honom, vilket hon aldrig någonsin gjort med Gert. Aldrig. Det var faktiskt riktigt jobbigt.

"Vad gjorde ni på Kråkgården?"

Joakim rör i kaffet, får det att svalna lite.

Gert sätter i halsen, glupsk och irriterad har han stoppat halva bullen i munnen. Han hostar och får smutta på den heta drycken så han bränner sig, naturligtvis. Ulrik får slå honom i ryggen. Han hämtar sig snart med rinnande ögon och måste snyta sig. I servetten.

Ulrik tar till orda väldigt sansat medan Gert håller på.

"Gerts fru har försökt att döda honom", viskar han. "Det är sant! Två gånger."

Han håller upp handen med två fingrar.

"Och då får ni göra inbrott i Nancys hus?" säger Joakim och lägger ner skeden, smuttar försiktigt på kaffet.

"Äsch, det är ju inte samma sak", säger Gert som nu hämtat sig.

"Det var det jag frågade, vad fan ni gjorde i Nancys hus?"

Joakim vill inte höja rösten, vill inte bli arg, men hur dumma får de vara?

Gert sätter upp händerna:

"Jag ska berätta", säger han. "Vi såg Jennys bil utanför och ville bara titta lite, vad de gjorde där. Vi har ju hört att det bor en häxa där, så vad skulle de göra där? Det är ju i alla fall min fru", säger Gert och ser på Joakim, som att det borde han ju förstå.

"Det ger er ju inte rätt att bara gå in, och genom källardörren dessutom. Ni kunde ha knackat på ytterdörren."

Han tar en bit av wienerbrödet och tuggar omständligt medan han ser på de andra två, som inte riktigt vet vad de ska svara.

"Tänkte du köra över Cilla då du körde upp på trappan till affären?" säger Joakim när de inte svarar.

Gert suckar:

"Ja, men bara för att hon försökt döda mig två gånger innan. Först med svampsoppa och sedan med mazariner."

Han lutar sig tillbaka och lägger armarna i kors frampå bröstet.

"Har du bevis för det?"

Joakim gör samma gest. Armarna i kors över bröstet.

"Bevis?" säger Gert och ser hastigt på Ulrik.

"Ja, bevis. Har du kvar soppan som du analyserat, på vilket labb? Skickade du mazarinerna till samma laboratorium? Du kan ju inte komma rännandes med ett påstående om mordförsök utan mer bevis än indicier, att du *tror* att hon försökt döda dig."

"Äh", säger Gert men säger inget mer.

Han ser på Ulrik. Det var ju faktiskt han som frågade om han vågade äta mazarinerna. Det var ju Ulrik som fick honom att tänka på svampsoppan med som förgiftad. Tänk om de inte var det, tänk om Cilla bara ville … vara snäll?

Ulrik ser på Gert och rycker på axlarna. Han vet ju inte.

"Så vad gjorde ni i Nancys hus?"

"Det vet du, du var ju där!"

"Ja, och jag hade blivit ombedd att mata fågeln. Vilket jag gjorde. Det hade väl inte ni?"

"Nä, men … jag sa ju att vi var nyfikna."

Gert dricker ur det sista av sitt kaffe och ser bort mot disken där det ligger läckerheter i långa rader. Joakim flinar, han tänker då fasen inte bjuda på mer. Och Gert är för snål att unna sig. Han suckar uppgivet.

"Bara det faktum att man är nyfiken ger en inte tillåtelse att gå in i andras hus."

"Det vet vi. Det var dumt. Men förstår du vad som hände, egentligen? Visste hon att vi var där? Häxan?"

Ulrik ser på Joakim med stora ögon.

"Klart hon visste", säger Joakim och skrattar kavat.

72

I Stonehaven håller de på att förbereda sig för kvällens och nattens evenemang. De har klätt sig i långa hemsydda klänningar. Cilla i en mörkblå av sammet. Jenny har en vinröd, också i sammet, som Pat sytt. Nancy har sytt sin egen i svart krossad sammet, och Sally har en i purpur som hon förstås sytt själv. Det är en del i detta att ha sytt sin egen klänning, med färger och pärlor som står ens själ nära.

De har hämtat vatten ur en brunn på en gård strax intill, riktigt källvatten från en åder som kommer långt upp från det Skotska höglandet.

De ska äta innan de beger sig av, så att de orkar frambringa de starka energierna som krävs för ceremonin de ska utföra. Mörkret har redan börjat sänka sig. Sally berättar om platsen de ska åka till. Det är en gammal ruin, Dunnottar Castle, byggt på 1200-talet. Kung Donald den andre som regerade och bodde där slogs ihjäl på platsen av vikingar. Maria Stuart var där på sin tid, 1562 för att vara exakt.

Men platsen upptäcktes redan på 900-talet, då en man vid namn Ninian valde den unika platsen till ritualer och för tillbedjan. En väldigt speciell plats. Den ligger som en hög ö ute i havet, fast det är ingen ö. Men det ser så ut då man står på heden framför och ser på borgen, där den reser sig upp ur den vilda kalla Nordsjön.

Ninian blev Saint Ninian, och det byggdes ett kapell där 1276, till hans ära. Det är där de ska hålla nattens ritual i ljuset av fullmånen.

De äter grönsakssoppa och bröd. Potatis, morötter, lök, sådant som växt här, och brödet har de bakat idag. De dricker källvatten till. När de har ätit färdigt ger de sig iväg. Ingen säger något. Alla är spända på nattens händelser medan Pat kör bilen på den smala, krokiga vägen som leder dem ut till yttersta gränsen av Skottland mot Nordsjön.

Hon parkerar bilen och de kliver ur och tänder sina ficklampor. Cilla försöker att inte tänka på vad tusan de gör här ... på denna gudsförgätna plats. Det är svart runt omkring henne. Bara månen lyser upp, och den svarta siluetten av slottsruinen ser allt annat än inbjudande ut.

Det blåser ganska friskt, skummet från vågorna som slår mot klipporna lyser upp som vita kammar i allt det svarta. Slottet, som även varit en försvarsborg, ligger på en hög platå en bit ut i havet.

Stigen de ska gå är smal så hon kan inte hålla Jenny i handen. De går på rad alla fem. Tack och lov går Nancy sist, hon ser väl till att inte tappa bort Cilla. De går nerför en trappa och Cilla känner doften av havet. I lampskenet kan hon se hur havet kastar sig mot klipporna och förvinner i ett vitt skum. Det dånar för varje våg som slår in. Hon ser upp på månen, den är så full att den ser sprickfärdig ut. Och röd, ja visst är den röd. En otrolig syn.

När de kommit ner för en lång krokig trappa vänder de uppåt igen. De går sakta som i procession. En i taget. Nancy har börjat nynna på en melodi, Cilla hör inte ordentligt för havet överröstar allt annat. De kommer upp på en platå, och Pat som gått först leder dem vidare in i en ruin som bara har väggar kvar. Genom taket lyser månen, skarpt och tillräckligt ljust i det röda för att de ska kunna släcka några av ficklamporna. Cilla behåller sin i ett fast grepp, och äntligen kan hon ta Jennys hand.

Sally tar fram veden hon har burit med sig i en läderrem. Hon har även med sig papper, och snart brinner det en eld. Här inne i kapellet kommer inte vinden åt, och elden brinner lugnt och stilla. Pat har tagit fram en silverbägare och häller upp av källvattnet medan Nancy hela tiden nynnar på melodin. Den är vacker, som keltisk folkmusik men utan ord, bara ett hummande som är lätt att följa. Cilla blir nästan lite sömning då hon lyssnar. Hon håller Jenny i handen och ser in i elden.

De ställer sig runt elden och Pat börjar läsa en ramsa, en bön. Om att tillbe Gudinnan, den starkaste. Be Moder Jord om kraft och vägledning. Känna energins krafter långt nerifrån jordens mitt, där energins rötter finns. Nancy sjunger starkare och de står tysta en stund. Pat tar fram silverbägaren med vatten och lägger en påse med örter i den. Hon håller bägaren ovanför elden medan hon mässar.

"Med dessa örter tar vi fram naturens kraft. Vi lyfter upp jordens energi, och skapandets kraft. Vi tar fram det goda. Vi tar bort det onda."

Sally visar Cilla att hon ska ta fram de tre gåvorna hon har med sig. Och Cilla öppnar sin väska som hänger om hennes axel. Hon tar fram de slitna tofflorna, den blårandiga slipsen och den stickade västen. Hon ska ta dem på sig och gå tre varv runt elden medsols. Hon sätter fötterna i tofflorna, hänger västen över axlarna och sätter slipsen runt sitt huvud. Och så går hon medan de alla faller in i hummandet som Nancy anfört hela tiden.

"Vi tar fram det goda. Tar bort det onda. Tar fram det goda. Tar bort det onda."

Det är orden som kommer fram då hummandet går över i riktiga ord. Och de ökar intensiteten, styrkan i deras röster ekar ut över havet, över heden och överröstar till slut vinden och havets dån i den mörka natten.

Efter att hon gått de tre varven ställer de sig alla i ring, håller varandras händer och bildar en cirkel runt elden. Cilla tar av ett plagg i taget – slipsen först, sedan västen och till sist tofflorna – och släpper ner dem i lågorna. De står stilla och ser offergåvorna brinna upp.

Där fullmånen lyser över Dunnottar Castle, över Saint Ninians kapell. Där fullmånen lyser över de fem kvinnorna som fullt och fast vet, och har modet att ta bort det onda och ta fram det goda ur en man på andra sidan havet.

73

Gert är så förbannad när de kommer ut från caféet. Han har aldrig varit med om maken till dryg karl. Sitta och påstå att han försökt köra över sin fru bara på incidicier, va! Ulrik hinner inte ens rätta honom att det heter indicier. Gert är arg så han spottar och fräser när han slänger upp bildörren och tränger sig in bakom ratten. Ulrik tvekar att sätta sig bredvid. Kör han som han är nu så blir det rally, och då blir Ulrik åksjuk.

Det blir aningen rallykörning, Ulrik håller sig i och när de är framme och han får komma ur bilen tänker han stanna utomhus. I alla fall tills illamåendet lagt sig. Han står och ser på Gert, som rusar uppför trappan och slår igen ytterdörren så Ulrik rycker till. Jaja, han lugnar väl ner sig.

Han går till boden på baksidan och hittar en grensax och en såg, och så ger han sig på det första äppleträdet. Inget han är van vid, men det verkade så roligt då han såg det på teve, och hur svårt kan det vara? Han sågar lite här och klipper lite där. När han känner sig klar tar han ett steg tillbaka och ser på sitt mästerverk. Det är fint! Det är riktigt fint. Han rakar ihop grenarna i en hög, dem kan han elda en dag sedan när det är kallt ute. Lite frost på marken så är det ingen fara med det.

Men han kommer på sig – han bor ju inte här ... Han vet inte ens om han får komma hit mer. Gert kanske är jättearg på honom. För det där ... ja, det där med svampsoppan. Och mazarinerna.

Det stämde ju, det var bara hans tanke och tro att de kunde vara förgiftade. Han hade ju inget som helst belägg för att det var så. Det var ju bara något som han sa, för att skoja lite. Liksom. Han känner ju inte Cilla. Hon är sjuksköterska. Inte skulle väl en sjuksköterska kunna förgifta sin egen man? De ska väl vara som Florence Nightingale ... väl?

Lämnat in dem på ett labb, sa den där unge snygge killen. Hm, nej, de hade väl aldrig ens tänkt tanken. Det hade väl varit lite väl långsökt.

Han stannar upp och står och tittar på huset. Det är så fint, tänker han. Det behöver målas och skötas om, pysslas lite med, då skulle det bli ett jättefint hus. Tänk att få ta hand om det ... Då ser han att Birgit står i fönstret och ser på honom. Han vinkar. Hon håller upp en kopp i fönstret och han förstår att hon gjort kaffe. Och faktiskt, det skulle verkligen smaka gott med något varmt nu. Det är lite kyligt och han har klippt sitt livs första träd, han hoppas han kan få klippa de andra med.

Gert vill inte ha något kaffe. Inte för att han är arg eller sur – jo, lite sur är han nog. Men han håller på med det sista på sin Douglas A-3 Skywarrior och vill inte gå ifrån förrän den står helt klar. Så lite kaffe kan han lätt hoppa över, han har ju kvar av ölen. En öl när man är arg eller irriterad sitter alltid fint. Lika lätt som den rinner in rinner ilskan ut, tänker han och skrattar högt för sig själv.

Ulrik och Birgit sitter i salongen och dricker kaffe. Med ballerinakex. Han sträcker ut sina långa ben och suckar njutningsfullt.

”Det här är bra. Det här är livet, det”, säger han.

”Jaså?” säger Birgit häpet. ”Hur menar du?”

Hon tänker att en kopp kaffe och ett kladdigt kex, hur kan någon nöja sig med det?

”Att få sitta såhär, tillsammans. Kaffe, och utsikten här”, säger Ulrik.

Birgit ser ut genom det stora panoramafönstret. Vad är det med det, håller hon på att säga, men på något vis ser hon nog lite av det som Ulrik ser. Huset ligger högt, på Höjdgatan till och med, med utsikt över sjön. Skogen bortanför står tät och mörk. Kyrkan sticker upp med sin spira och speglar sig i vattnet nedanför, som ligger som en spegel i solskenet. Det är väldigt vackert. Men det är så lätt att bli hemmablind, som det heter – att man inte ser det som är fint i det man har nära.

"Och trädgården, den kommer att bli så fin med träden när de blommar till våren", fortsätter Ulrik sitt filosoferande. "Nyklippt gräsmatta som luktar så gott. Kanske kaffe på terrassen." Han ler blygt mot Birgit: "Ja, jag hoppas få komma tillbaka."

"Å, du är välkommen när du vill! Så ofta du vill", utbrister Birgit.

Hon blir nästan tårögd. Efter alla ensamma år med bara Gert, som helst sitter däruppe med sina flygplan, känns det som att hon – ja, som att hon fått en vän.

"Men hur är det med din panna?" utbrister Birgit som glömt att fråga.

Hon har varit så bekymrad över hans olycka. Att slå i huvudet så, kanske få en hjärnskakning, precis som Gert fått. Det känns som att det var ett tecken. Att de nu är som skadade fågelungar båda två. Båda hennes pojkar. Åh, så hon tänker, va! De behöver tas om hand, ja, precis som hon själv. Det är så skönt att de är hemma. Hon bävar för söndagen då de ska åka hem igen.

74

Joakim åker direkt till Kråkgården efter kafferepet med de där två knasbollarna. Faktiskt tycker han att de är ganska trevliga. Gert är en skitstövel, men om man bortser från det ... Ulrik är en rätt behaglig typ, tänker han när han går ner för källartrappan. Jäkligt klumpiga båda två, men bortsett från det med då.

Han tar med tre små paket ur frysen, han har köpt handskar så det känns lite bättre idag. Idag sitter Ra på soffryggen när han kommer upp.

"Hej du, är du ensam idag?"

Han ser sig om, och så verkar vara fallet.

"Orp", säger Ra.

Han hoppar till bordet där Joakim öppnar hans middag. Ra sitter och ser på musen en stund, men den är nog bättre när den tinat så han flyger upp och sätter sig på trappräcket och ser på Joakim då han öppnar och placerar ut de andra två mössen efter Nancys direktiv.

Joakim ser sig om, det finns inget vatten. Inte en droppe. Björnfällen är torr. En synvilla? Hur kan hon få tre personer att se och uppleva samma sak? De var ju helt genomsura, det gick ju att vrida vatten ur kläderna? Han var frusen och blöt när han kom hem till Jenny. Det vet han. Han skakar på huvudet. Han ställer sig framför den stora tavlan med havet och slottsruinen. En kuslig plats om den finns på riktigt, tänker han när han halar upp mobilen och knappar fram Thorwalds nummer.

Thorwald skrockar när Joakim har berättat färdigt om vad som hänt, det är som en pjäs säger han. Veronika som lyssnar i bakgrunden hälsar att nu ska hon gå upp och måla korpar, massor med korpar. Detta har gett henne en enorm inspiration. Kanske både hon och hennes publik börjar tröttna på fyrkanter, darriga streck och nakna kroppar.

"Men vad ska jag göra nu? Vi blåser väl av den här operationen?"

"Hm, jo, vi kanske ska göra det. För tillfället. Men jag vill att du stannar där ett tag till, ser hur saker utvecklar sig och håller ett öga på den där Gert."

Joakim nickar tyst då Thorwald talar.

"Ja, jag är ju kattvakt nu, så jag stannar här i Jennys lägenhet tills de är hemma igen."

"Haha! Ja, vi får se vad deras trollkonster i Skottland leder till. Låter helt otroligt det där, men man har ju blivit häpen förr så … man måste ha ett öppet sinne. Det måste man. Vi hörs."

Joakim ser på mobilen. Jaha, han tryckte av samtalet, vi var väl klara. Under tiden han pratat i telefon har han gått runt och sett sig om. Ra följer honom från trappräcket. Köket är tipptopp, nyrenoverat och helt i hans stil. Svart och metall. Coolt.

Han går uppför trappan till övervåningen. Den består av två rum och ett nyrenoverat badrum, även det i svart, men med vitt. Stilrent. Maskulint. Sovrummet är stort med en bred säng med draperier runt om. Utsikten därifrån är slående vacker, över skogen och ner mot sjön. Meditativt. Han blir stående där och försvinner i sina tankar.

Han vet inte riktigt vad han vill med sitt liv nu när han inte är militär längre. Han utan Niklas är lite … ensamt och andefattigt. Niklas lämnade en stor tomhet efter sig. Han saknar honom. Hans trygghet, och självklarhet. Joakim känner sig vilsen utan honom.

Att vara chaufför till en rik konstnär är ju inte det roligaste, även om det är helt okej betalt. Helst om han får sådana här uppdrag. Men han skulle vilja tjäna mer stålar. Blir rik. Inreda ett hus så här. Ståndsmässigt. Han kanske ska bli privatspanare? Detektiv. Att förfölja otrogna män, eller kvinnor … det kan vara roligt en gång men inte i längden.

Nä, han måste nog göra något av sitt liv. Han är ju faktiskt fyrtio år. Ser fortfarande bra ut, aningen grått vid tinningarna. Skäggstubben blir tät då han låter den växa. Lagom lång, lagom tjock. Han ser ner på sin begynnande mage, han behöver hitta ett gym.

75

När de fem damerna kommer hem vid fyratiden på morgonen är de både frusna och trötta. De värmer varsin kopp te som de alla tar med sig i säng. Cilla och Jenny ligger och pratar om vad de varit med om.

”Vilket ställe, va …”

”Som i en film.”

”Mm, en skräckfilm.”

”Mm … tror du det hjälper? Att det räcker med det här?”

”Mm …”

Sedan somnar de och sover ända till lunch.

När de vaknar känner de sig nästan som de vore bakfulla. Lite tunga i huvudet. Trötta, som att hjärnan är fylld med kola. Seg.

Systrarna säger att så är det i början. Efter ett tag, när de har övat mer, kommer de att finna en enorm energi genom ceremonier och meditation. Jenny och Cilla vet inte om de ska öva mer, om de faktiskt tänker bli häxor. Det har de aldrig ens tänkt.

Nancy skrattar, hon vet vad de tänker.

”Det där kommer nog, nyfikenheten kommer att ta över. Viljan att veta och att lära sig mer. När ni ser att det fungerar.”

Ja, kanske det. För fungerar detta … då vill de naturligtvis lära sig mer. Förstå vad det är de har gjort.

”Jag stannar här ett tag”, säger Nancy när de satt sig vid köksbordet för att äta en blandning av frukost och lunch.

”Gör du?” säger Jenny.

Cilla ser på Nancy; ja det är klart hon vill stanna med sina systrar när hon ändå åkt hit. Det är inget konstigt att de vill passa på att träffas, hon kanske har andra släktingar här med.

”Ja, jag har några kusiner”, säger Nancy och ler.

”Usch, du får sluta att läsa mina tankar, tänk om jag tänker något elakt”, fnittrar Cilla och tar för sig av de vita bönorna.

Häller dem över det rostade brödet.

Nancy bara skrattar.

"Jag stannar ifall, vilket jag inte tror, men *om* vi behöver göra om det. Då kan vi tre göra det. Så jag stannar tills ni har märkt någon skillnad."

"Ni har inga offersaker kvar", säger Jenny.

"Jag har ett foto på mobilen som jag tog, det funkar med det. Andar gillar teknik", skrattar Nancy.

"Du tror inte att det funkade med en gång då?" undrar Cilla, men Nancy skakar på huvudet.

"Jag vet absolut att det fungerat, men det kan ta några dagar. Det kan vara så att det kommer smygande. Inte att det går från ena sekunden till den andra, men visst kommer det att bli en förändring. Ni får ha lite tålamod så ska ni se att det kommer."

Nancy lägger sin hand på Cillas och ser henne i ögonen. Cilla blir varm, nickar och inser att Nancy har rätt. Det går inte så fort, det kommer att ta några dagar. Men det kommer, hon vet det.

76

Både Gert och Ulrik tycker det är trevligt att ta sig en tur med Volvon in till affären och handla. De kan ju inte bara sitta hemma, här hos Birgit. De behöver se så att hjärnskakningen släpper men de har varken huvudvärk eller mår dåligt, så det verkar som att de båda kan arbeta på måndag.

"Åh Ulrik, du är så full med goda idéer!" utbrister Birgit då de plockar upp vad de har handlat idag.

Istället för pizza eller Dafgårds färdiga rätter som brukligt är har Ulrik föreslagit rostbiff och potatissallad. Vilket är vad de ska äta idag. Och körsbärstomater. Ja, något grönt, fast rött, är väl gott till maten. Fast det är väl mest en garnering för tallriken tycker Gert.

Birgit har till och med slått på stort och dukat med finporslinet, det har inte använts mer än två gånger de sista tjugo åren. Första gången på Gerts bröllop, usch, gruvliga minnen. Och så på Sieverts begravning, som bara var en lättnad för henne. Den bara står och samlar damm i skåpen, man borde rensa tänker hon. Men, om Ulrik kommer oftare, då kan vi kanske använda den. Den är ju fin med sina blå måsar.

Gert och Ulrik ser på varandra då de satt sig vid bordet. De ser på tallrikarna och är tacksamma att det inte är korpar på dem. Vita måsar ser trevligare ut, i alla fall att äta på.

Maten smakar så bra, Gert känner ett styng av avundsjuka då han inte kommit på att de kan äta annat än pizza och Dafgårds färdiga formar. Han borde kunna tänka utanför ramen någon gång, han kom ju faktiskt på att han skulle ha ihjäl sin hustru då han trodde att hon skulle ha ihjäl honom.

Det var en bra tanke. Men nu är han inte så säker längre på om det faktiskt stämmer. Om Cilla ville ha död på honom? Svampsoppan och mazarinerna. Tänk om ... tänk om det bara var av snällhet? För egentligen är väl Cilla en snäll människa.

När de ätit bänkar de sig i stora salongen och Gert ordnar med videon. De ska se på film. En gammal svensk svartvit, som är det bästa som finns. Med Thor Modén, Åke Söderblom och Sickan Carlsson. Ulrik skrattar så han viker sig. Den här filmen minns han sedan har var liten, då farmor och han såg den på teve. Det är så längesedan nu, och så här trevligt vet han inte om han haft någon gång.

"Skål", säger han och höjer sitt vinglas.

"Shh", säger Gert som är helt inne i filmen fast han sett den säkert tio gånger.

Birgit höjer sitt glas och ler mot Ulrik, fast hon säger inget. Hon tycker inte om att bli hyssjad på.

Nästa dag är det söndag. Det är på söndagar som Gert tar Birgit i rullstolen, går ner till sjön, till kyrkogården där de ondgör sig över hans fader, för att avsluta det hela med en festlig middag på gästgiveriet. Så också idag.

Skillnaden är att Gert vaknar och känner sig pigg, glad och nöjd. Han går upp och tittar på sin färdiga flygmaskin. Den är fin! Han ska hänga upp den i taket sedan. Nu ska han göra frukost till sin gode vän. Han går ner, tittar in till Birgit som ligger och läser gårdagens tidning.

"Oj, redan uppe, säger hon och gör sig redo att gå upp och göra frukost till sonen.

"Ligg du, jag ordnar!"

Hon kommer av sig, lägger ner tidningen på magen och tar av sig glasögonen. Biter lite i skalmen innan hon rycker på axlarna och tar upp tidningen igen.

Gert visslar i köket. Han tar fram bröd, smör och ost. Kokar ägg. När allt är klart har både Birgit och Ulrik kommit ut i köket, de ser på varandra och undrar varför han visslar. Är han glad innan kaffet? De säger ingenting, det kan förstöra hela dagen. Istället frågar Birgit om de ska ta en promenad, som de brukar.

”Visst ska vi det kära mor, tillsammans med vår vän Ulrik”, säger Gert och ler stort.

De ser åter igen på varandra och undrar om han har fått hjärnblödning.

De har klivit på planet, hittat sina platser och satt sig. De sitter tysta och ser ut över havet medan planet stävar på hemåt. Förundrade över vad de upplevt, det känns så overkligt. Både Stonehaven, Nancy och hennes systrar, de fantastiska klänningarna de haft på sig. Utflykten till Dunnottar Castle ...

Det är både lugnt och nervöst att komma hem, hur är allt? Har något börjat hända ...? Kommer det att hända något över huvud taget, och vad, och hur kommer det att te sig? Frågorna hopar sig och Cilla känner sig helt slut. Hon vänder sig om och ser på Jenny. Vackra fina älskade Jenny.

"Jag flyttar in hos dig nu, det får bli som det blir. Orkar inte låtsas längre. Orkar inte spela teater. Vi har det så himla bra när vi är borta och kan vara som vi är, som vi vill vara. Utan rädsla för att han ska ... vad han ska hitta på."

Jenny ser på Cilla. Lutar sin panna mot hennes. Kysser henne på kinden.

"Tack", säger hon.

"Om inte det här hjälper så får Thorwald fixa honom. Joakim kan skjuta skallen av honom, eller vad som, jag bryr mig inte längre." Cilla ser ut genom fönstret. "Det får räcka nu. Jag vill ha en vardag, var dag med dig. Vakna med dig, somna med dig."

Jenny ser på henne och känner hur tårarna stiger i ögonen. Det här har hon längtat efter i över sex år nu. Att Cilla ska lämna honom. Hon vet att hon inte kunnat, men nu, äntligen. Cilla torkar tåren som rinner ner för Jennys kind.

"Älskade du, säger hon och lutar sitt huvud mot Jennys axel. Och de somnar båda två, trötta och lyckliga.

Joakim står och väntar på dem i flygterminalen, som de bestämt. Han lastar in deras väskor i den minimala skuffen. Påsen med taxfreewhiskyn lägger han försiktigt bredvid.

”Du får flytta in i Kråkgården, för Nancy blev kvar i Stonehaven”, säger Jenny.

Han ser på henne. Flytta in? Det låter det, i det fina huset!

”WOW!” säger han. ”Coolt!”

”Du tyckte om det?” frågar Cilla från baksätet, där hon sitter med flera taxfreepåsar med parfym och vin.

”Jag älskar huset, och Ra är ganska trevlig han med, åtminstone då han är ensam.”

Joakim ser på henne i backspegeln.

”Bra. Vi vet inte när Nancy kommer hem, hon skulle stanna ett tag”, säger Jenny som inte vill gå närmare in på varför.

”Hon får stanna hur länge hon vill, jag har hittat ett gym här”, säger han och gör tummen upp.

”Men ditt jobb som chaufför då?” säger Cilla.

”Jag har ju tjänstledigt och jobbar med personskydd nu”, säger han och flinar mot Cilla.

”Jaha”, säger hon och ser ut genom fönstret. ”Så nu har jag två stalkers då. Kan ni inte turas om att rapportera till varandra?”

”Det är faktiskt en idé. Jag var och fikade med de där två gökarna, de var rätt okej om man kan handskas med idioter.”

”Va!?” säger både Jenny och Cilla samtidigt. ”Var du och fikade med Gert och hans vän? Ulrik? När? Var? Varför?”

”Jag var ju tvungen att reda ut varför de var i Kråkhuset. Och så satte jag åt dem med att de försökt köra över dig. Det var en hämnd! De trodde att svampsoppan och mazarinerna var förgiftade, och jag frågade vad beviset var för det. Det hade de inget, så jag tror inte att de kommer att försöka igen. De har inga bevis för att du försökt.”

Cilla ler för sig själv i baksätet. Inga bevis, tack och lov för det! Fungerar Nancys plan så kommer problemet att lösa sig ändå. Men som sista utväg har de Joakim, elitsoldaten. Cilla undrar hur många människor han har dödat innan, men hon vill inte veta.

Ulrik försöker köra rullstolen men det går inte, han får gå dubbelvikt. Han är för lång, eller om det är handtagen som sitter för lågt. Hur som helst så får Gert som vanligt köra Birgit, medan Ulrik går bredvid och pratar om den vackra utsikten. Han har aldrig sett något så vackert.

"Men berätta, var har du bott då?" frågar Birgit med äkta nyfikenhet.

"Där jag bor nu", säger Ulrik. "Jag har aldrig haft behov av att flytta. Jag hittar ju knappt hem om jag är någon annanstans än på museet, rakt över gatan", säger han och skrattar.

Jo, han kan faktiskt se det komiska i att han inget lokalsinne har. Men nu, när han ser det här, då undrar han varför … Det finns så mycket mer att se. Tänk att våga ge sig ut och resa. Flyga långt bort i världen. Men han är faktiskt nöjd som det är. Visst vore det väl roligt med ett äventyr, men det här är ju också äventyr. Här har han aldrig varit förr.

"Men jag började jobba på museet direkt efter skolan, och jag har väl fått mitt lystmäte av äventyr där." Han skrattar till igen. "Bland alla saker som man kan läsa och fantisera om."

"Jaha, så du har aldrig varit här ute, nere vid sjön?" säger Birgit och ser på honom.

"Jo, vid badet var vi mycket när jag var liten. Farmor och jag åkte dit och badade. Det var roligt det, men längesedan."

Han ser ut över sjön när de närmar sig, lägger pannan i veck och försvinner i något minne.

"Du förstår mamma", säger Gert som hittills varit tyst. "Ulrik har inget lokalsinne. Om vi tappar bort honom här, då hittar han inte hem."

"Är det sant?" säger Birgit och sträcker på sig där hon sitter.

"Tyvärr så är det så. Det var på det viset jag träffade på Gerts stuga. Och Gert."

Han ler och nickar. För det blev ju en riktig lyckoträff, fast han var vilse i två hela dagar innan.

"För att du gick vilse där i skogen? Vad i herrans namn gjorde du i skogen utan lokalsinne?" säger Birgit förfärad.

"Ja du, säg det. Jag borde ha hållit mig vid bilen, sprungit runt den i stället för rakt ut i skogen. Så dum jag är."

"Nej, säg inte så, du är en fin person", säger Birgit och stryker honom över armen där han går bredvid rullstolen.

Han rodnar, slår ner blicken, men ler och tittar upp på Gert. Som också ler och nickar.

"Ja, Ulrik är en fin vän. En riktigt fin kamrat", säger Gert.

Ulrik får tårar i ögonen, han stannar och ser ut över sjön men den är suddig av tårar. Han tar upp en näsduk och torkar sig.

"Kom nu", säger Gert. De har stannat en bit fram för att vänta in Ulrik. "Vi vill inte tappa bort dig."

De går vägen ner till sjön men det är kallt idag så de skyndar sig förbi, trots att det är så vackert. Lätta krusningar av vinden och den grå himlen speglar sig, skuggorna är obefintliga. De står en stund framför Sieverts gravsten. Birgit ska just börja säga något om honom som svekfull make som dog ifrån henne, när Ulrik harklar sig och börjar sjunga.

"*Härlig är jorden, härlig är Guds himmel, skön är själarnas pilgrimsgång* …"

När han kommit till slutet är varken Birgits eller Gerts ögon torra. Gert torkar sig snabbt för det är inget han är van vid – att visa sig, mesig, svag, skör …

"Å", säger Birgit. "Vilken vacker röst du har."

"Tackar, tackar allra ödmjukast", säger Ulrik och bugar sig.

Han var ju faktiskt med i kyrkans gosskör en gång i tiden.

"Nu tycker jag vi fått tillräckligt med religiöst. Jag behöver varm mat, och en sup." Gert börjar vända rullstolen för att gå iväg längs gången som leder bort från Sievert och mot gästgiveriet. ”Vad säger ni, ska jag bjuda er idag?”

De två tittar på honom. Han frågar vad de önskar, gudstjänst eller middag?

”Åh, det var inte illa. Valet är inte svårt. Det är kallt idag, vi behöver in i värmen”, säger Birgit till sist.

Gert tar ett nytt tag i rullstolen och de går mot gästgiveriet.

79

Joakim installerar sig i Kråkhuset. Ra följer hans minsta rörelse och ser ut att undra om det blir några möss idag, eller …

Joakim häller upp ett glas av den femtonåriga whiskyn, det är han värd nu. Skymningen har fallit, flickorna är hemma och han ska bara ha ett sista snack med Gert. Hota honom rejält om han går på dem, eller ens visar sig för dem någon mer gång.

Han känner sig som Steven Seagal där han sitter med fötterna på soffbordet i sina solglasögon och pillar på sin pistol. Klart att han har den kvar. Sitt tjänstevapen från krigets dagar. Ja, inte den stora, men den här lilla. Den som alla krypskyttar har i stövelskaftet. Den har han kvar.

Han siktar på fågeln, låtsas trycka av och blåser bort krutröken innan han flinar och lägger ner pickadollen på bordet. Han suckar njutningsfullt då han drar in den rökiga doften av den starka drycken och lyfter upp sina Ray-ban i pannan.

Han skulle kunna stanna här *forever*, ha det så här jämt, men han måste ju försörja sig. Men ett vanligt jäkla kneg är inget för honom. Han vill ha äventyr, han vill att något ska hända. Att han inte kan komma på vad fan det är han ska göra? Ska det vara så förbannat svårt?

Ra hoppar ner och sätter sig på hans axel, han pickar honom i skäggstubben. Joakim klappar honom över ryggen, så blank, svart och vacker han är. Ra, döpt efter solens gud.

Jag ser ju inte så illa ut själv heller, tänker han när han druckit ur glaset och häller upp ett till åt sig. Kanske borde bli fotomodell … det är ju faktiskt mer manligt att vara fyrtio och lite grå i skägget än en renrakad artonåring, tänker han medan självförtroendet blir bättre för varje gång han smuttar på whiskyn.

Han tänker faktiskt ta reda på det där. Han ska ringa Thorwald och fråga om han känner någon i den världen, Veronika gör det absolut! Hon känner så mycket konstiga människor. Han famlar efter sin telefon och ringer henne.

Han hinner inte förklara sitt ärende innan hon avbryter honom och säger att han ska ringa en person som sökt honom. Eller sökt ... frågat efter den snygga privatchauffören hon hade med sig i London.

"Jag hade inte tid då att skicka ditt nummer, du förstår jag har fått en stor beställning på korptavlorna. Folk älskar dem! Så jag har jobbat natt och dag här, men vänta ... här är numret. Ring direkt, det var visst viktigt", säger hon och trycker av samtalet.

80

”Perfekt.”

Gert ler stort när han viker ihop menyn. Han har beställt in sill och nubbe. Till varmrätt väljer de slottsstek, potatis, gräddsås och pressgurka. Och en flaska rött till det, och till dessert kommer det att serveras några goda ostar och ett glas portvin.

Ulrik tittar på menyn och slickar sig om munnen. Sedan ser han på Gert. Det är något med honom. Han är varken sur, vresig eller det minsta butter. Han är rosig om kinderna och det är något i ögonen. Något som … han vet inte hur han ska beskriva det … som vidgats, som släppt. Som när något man oroat sig för länge gett en rynka mellan ögonen, och så försvinner det och hela ansiktet blir mjukt och mungiporna vänds uppåt. Ja, så ser han ut.

”Hur mår du?” vågar han sig på att fråga. Med tanke på såret i pannan och hjärnskakningen är det ingen konstigt med att undra hur ens bäste och ende vän mår.

”Jag? Jag mår bra. Jag mår faktiskt jättebra”, säger Gert och låter, även han, glad. Han skrattar. ”Hur mår du själv?”

”Tack, det är bra. Stretar lite i stygnen men det är ingen fara.”

Ulrik nickar.

”Har det hänt något?”

Birgit har också uppmärksammat den lilla lättnaden hos sonen.

Gert funderar. Han känner sig ju så mycket lättare, så avspänd. Han vet inte men, är det Ulrik som har den här inverkan på honom? Som lugnar honom … Han ser på Ulrik, som tålmodigt sitter och väntar på hans svar.

”Jag har funderat på en sak”, säger Gert, men hinner inte mer för Birgit avbryter, som vanligt …

”När såg du … din fru sist?”

Hon misstänker att detta har något med henne att göra. Hans kontrollbehov rörande henne känner hon minsann till, hon har väl hört hur hemtjänsten pratar och fnissar. Jodå, det har hon.

"Min fru? Cilla?"

"Henne har vi inte sett … på hela veckan väl. Inte sedan … ja, då när vi mötte henne utanför Coop."

Ulrik biter sig i läppen. Han vill ju inte oroa Birgit med sådan information som att de försökt … nej, det är inget att orda om.

"Nä", säger Gert och drar på orden. Nästan som att han inte vet vem de talar om. "Henne har vi inte sett …"

Han har inte ens tänkt på henne. Inte på det sättet som han gjorde förut. Hela tiden. Då han ville veta vad hon gjorde, när och med vem … det har han totalt glömt bort.

Han ser på Ulrik och blir med ens så varm om hjärtat. Hela hans inre blir varmt. Han är inte kär eller något sådant i Ulrik, men det är något annat. En vänskap, en tvåsamhet. Det där med att inte vara ensam. Att ha någon att dela allt med. Att skratta med och prata med. Planera. Men vad ska de planera nu, om han har glömt Cilla?

Han vill ju inte henne något illa. Nej! Han vill att hon ska bli lycklig, vara glad. Ha det lika roligt med Jenny som han har med Ulrik! Ja! Det vill han.

"Du hade tänkt säga något?"

Ulrik ställer frågan medan servitrisen dukar fram sillen och fyller på akvavit i deras snapsglas.

"Hm, ja", säger Gert och nickar till servitören som bugar sig och säger 'varsågoda'. "Jag har tänkt att vi – ja, bara om du vill …" Han tittar på Ulrik. "Att vi kanske kan stanna hos mamma …"

Först förstår inte Ulrik vad Gert menar. Inte Birgit heller för den delen. Stanna hos mamma? Ja, inte ska de lämna henne här, ensam på gästgiveriet … de ska väl äta först?

"Nej, jag menar stanna, som på riktigt", förtydligar Gert så gott han kan.

"Jo, jag stannar gärna. Klipper träden och så, men i morgon ska vi väl arbeta?"

”Jo”, säger Gert, och ser först på Birgit sedan på Ulrik. ”Men jag
kan ju köra dig till jobbet och sedan hämta dig efter. Så kör vi hem.
Till Fräkna.”

”I morgon med?” frågar Ulrik som inte begriper alls vad det är
Gert menar.

Det är ju mörkt ute redan vid fyra, inte så lätt att klippa träden
efter arbetet.

”Inte bara i morgon, varje dag”, säger Gert. ”Jag tänkte vi kunde
flytta, om det är okej med dig, mamma …?”

”Ska ni flytta? Vart?” säger Birgit och tar upp sin näsduk, det här
kan ju bli för mycket för hennes nerver.

”Om Ulrik vill, så …”, säger han och ser på Ulrik. ”Jag får ju bo
ensam, och du bor ju ensam. Det är inte lika roligt som … ja, som
när vi är tillsammans. Som vi har varit nu, de sista dagarna. Det har
varit så trevliga dagar! Och jag känner att mamma behöver både
sällskap och hjälp.”

Gert lägger nästan huvudet på sned, ler och ser … ja, bedjande
på Ulrik.

”Ska du bo ensam?” säger Birgit och förstår ingenting.

”Det blir väl så, Cilla vill väl bo med Jenny.”

Han rycker på axlarna.

”Det vill hon”, säger Ulrik och känner en sådan lättnad över att
hans vän inser att han inte kan tvinga Cilla till något som hon inte
vill.

Det blir så fel på något vis.

”Men, menar du att vi, du och jag, ska flytta ihop också … var
då?”

”Hos mamma …”, säger Gert.

”För alltid, jämt, hela tiden?” säger Ulrik.

Gert nickar, fortfarande med huvudet bedjande på sned.

Birgit flämtar till, håller upp näsduken för munnen. Det går in,
men väldigt sakta, vad det är sonen sitter och säger. Ulrik ser på
henne. Ser hennes förväntan i ögonen, ser hennes skräck för att han

ska säga nej. Inte kan han göra henne ledsen, och inte kan han tänka sig en bättre idé än den som Gert nu har lagt fram. Att flytta in i villan på Guldhyllan.

"Då kan jag inte se vad som skulle hindra oss, om du bara kör mig till jobbet."

"Då bestämmer vi det!"

Gert höjer sitt snapsglas.

"Skål för kamratskapet", säger han och ler som en sol på Mallorca, medan Birgit hulkar och egentligen skulle behöva lite luktsalt.

81

Birgit gråter hela vägen hem, Ulrik får gå bredvid och hålla hennes hand. Bedyra att det bara ska bli trevligt. Kanske kan de till och med resa bort, alla tre någonstans, någon gång. Det har Ulrik alltid velat men inte vågat ensam. Nu känns det som att han skulle våga vad som helst. Klara vad som helst med.

Han kommer att kunna klippa alla träden och de kommer att kunna koka äpplemos i sommar, som hans farmor gjorde. De kommer att kunna sitta i bersån, när han klippt den, och dricka kaffe. Det kommer att bli ett så fint liv. Men Birgit gråter ändå, de får ge henne ett litet piller och stoppa om henne den tjocka pläden när de kommit hem och hon har lagt sig på sängen. Hon är i chock.

De två ska bo med henne? De ska äta middag med henne varje dag, se på film … sitta ute i trädgården tillsammans. Detta är bara för mycket, för bra för att vara sant. Hon måste få sova. Detta är fantastiskt. Den förlorade sonen är tillbaka, och inte bara det, han har Ulrik med sig. En sådan fin människa. Och hon har två pojkar nu. Gert och Ulrik, så fina unga män.

Gert känner sig med ens tillfreds. Nästan lycklig. Något stort som hängt runt hans hals, en kvarnsten, som han äntligen fått lägga ifrån sig. Det är bara en sak till han måste ordna också. Cilla.

Nu skulle han gärna vilja veta var hon är. Han har en sak han vill fråga henne om. Han tar fram sin mobil och slår Joakims nummer. De bytte nummer så de skulle slippa jaga varandra ifall de kände att de borde skuggas. Det går fram många signaler innan Joakim svarar.

”Hej, det är Gert. Vet du vad Cilla har gjort i helgen?” säger han rakt på sak.

”Va?” säger Joakim, som är bakfull denna söndag.

”Det är Gert, är du bakis? Vet du var Cilla håller hus, eller?”

”Hej du, visst vet jag det. Men … det har väl inte du med att göra?”

"Nej, jag vet, men förlåt, jag bara undrar ... tänkte fråga, prata med henne om ... *ja, vad är det han tänkte prata med henne om? Det där som hon pratat om flera gånger* ... skilsmässan. Hon ville ju ha det."

"Å fan, du har tagit ditt förnuft till fånga."

Joakim försöker le fast det bankar i huvudet.

"Bättre sent än aldrig. Var hon hos ... Jenny?"

Det gör inte ens ont att säga hennes namn längre.

Joakim drar ett djupt andetag: Ja vad fan, det får vara slut på alla lögner nu.

"Hon och Jenny var med Nancy till Skottland, de var och hälsade på hennes systrar. Cilla och Jenny har ju inte fått vara ifred hemma, som de borde, så de åkte iväg för att få ledigt och få vara ifred."

Gert blir tyst. Han rodnar, han vet så väl att Joakim menar honom. Han ville ju aldrig Cilla något illa ... han ville ju bara inte vara så ... förbannat ensam. Men så ser han på Ulrik som sitter och bläddrar i en bok. Han är inte ensam längre. Han har en vän, en kamrat. En kompis.

Han kommer inte att vara ensam längre. Han, Ulrik och Birgit kommer att ha det så trevligt. Äta god mat, Ulrik har så många bra idéer om goda rätter.

"Förlåt. Jag ska ringa henne ikväll, det lovar jag", säger han innan han trycker bort samtalet.

82

Cilla och Jenny håller på att laga mat. En festmåltid. Det är värt att fira att Cilla nu offentligt flyttar in. De har öppnat en flaska vitt vin och laxen står i ugnen. De är som nyförälskade, pussas och fnittrar, tramsar i köket när telefonen ringer.

"Nej, svara inte", säger Jenny men Cilla tittar på displayen.

"Det är Gert."

Hon ser på Jenny.

"Svara då, och säg som det är", säger Jenny med en sammanbiten min.

Cilla nickar och trycker på den gröna luren.

"Ja."

Hon går och sätter sig i soffan. Sammanbiten.

På grund av den öppna planlösningen ser Jenny hur hon släpper ner håret och börjar tvinna en hårslinga. Jenny sätter sig på en barstol vid köksbänken, Sokrates hoppar upp och lägger sig framför henne. Hon stryker katten längs sidan utan att tänka, lyssnar bara på vad Cilla säger.

"Jaså. Jo, det var bra. Vi hade det bra. Tack. Menar du det ... Jaha ... det var väl roligt ... Ja, det ska jag göra. Mm ... Joakim? Ja precis, Jennys storebror, ja ... Nej, inte på riktigt ..."

Så fortgår samtalet en ganska lång stund och Jenny förstår ingenting. Eller hon anar ju ... att deras ritual har verkat. Att deras natt på Dunnottar Castle har varit tillräckligt stark! Hon har svårt att andas, blir torr i halsen och dricker av vinet. Cilla lyfter också på sitt tomma glas och Jenny tar med flaskan – efter att ha stängt av ugnen – och går och sätter sig bredvid Cilla, som sätter på högtalaren på sin telefon så att även Jenny hör.

"... så du förstår att jag tycker det blir bäst så", hör hon Gert säga.

"Ja, jag håller ju med dig, då får ni ha det så bra. Vi hörs väl när papperna kommer då."

”Det gör vi, var rädd om dig nu, och … hälsa Jenny.”

De stirrar på varandra.

”Vad var det där?” säger Jenny.

Cilla skakar på huvudet och skrattar, dricker en stor klunk av vinet.

”Vad sa han?” säger Jenny med andan i halsen.

”Han och Ulrik, de är inte som vi”. Cilla fnittrar. ”Men de trivs så bra ihop, och hemma hos Birgit, så de ska flytta dit.”

”Va?”

”Ja, Ulrik har aldrig flyttat, så nu ska han få göra det. Och han trivs så bra hos Birgit, som ju Gert gör med, så de ska flytta dit. Han bad till om med om ursäkt om han hade orsakat mig något *som han inte borde”*, sa han. ”Han kunde väl inte säga 'pinsamheter'.”

”Skål för Nancy!” säger Jenny. En tår rinner ner för hennes kind, Cilla torkar bort den. De höjer sina glas och skålar. ”Skulle han ordna med skilsmässan, menar du?”

”Ja, han skulle se till att få fram skilsmässoansökan så fort som möjligt”, säger Cilla och kan knappt tro att det är sant.

Natten vid Dunnottar Castle … att energierna, den vita magin, är så otroligt stark! Hon kan inte fatta det. Om det blir bakslag … då gör de om det! Direkt!

”Vi måste ringa Nancy och berätta!”

”Ja, och jag måste ringa till pappa”, säger Jenny. ”Och blåsa av ditt personskydd.”

”Haha, ja gör det, bjud dem på bröllop med!”

Jenny ser på Cilla en stund, flera sekunder:

”Ja, det ska jag göra.”

Hon kysser henne.

Thorwald svarar och säger som vanligt att här kommer mamma. Veronika blir så glad för deras skull. Hon skriker nästan rakt ut.

”Du kan säga till Joakim”, ropar hon till Thorwald så Jenny måste hålla luren från örat.

”Han är inte kvar, det vet du ju!” svarar Thorwald.

”Javisst ja”, säger hon.

”Va?” säger Jenny. ”Var är han då? Han ska ju vara hos Ra tills Nancy kommer hem, vilket vi inte vet när det blir.”

Men Joakim har redan åkt. Han tog med sig Ra och en kylväska med möss och åkte till London. På audition. Den här mannen som sökt honom, som sett honom på Veronikas vernissage, var en filmproducent. Han ville ha honom som den nya James Bond.

”Det ni”, säger Veronika och skrattar. ”Han kommer att göra succé! Precis som ni två gjort nu, mina älsklingar!”

Författarens efterord och tack

Att ta en bok, en kopp te eller ett glas vin, sätta sig i soffhörnet med pläden över benen och ta en stund för sig själv är väldigt viktigt. Det är vad jag önskar dig, en stund för dig själv ifrån livets mediebrus. Jag vill också tacka för att det var just min bok du valde idag. Tack!

Vad lärde vi oss nu då? Att tro på den vita magin, att godhet föder godhet. Just så är det. Vissa behöver lära sig det medan andra kan lära ut det. Så, lyssna på varandra. Goda gärningar mot andra, goda gärningar till sig själv.

Och glöm inte att ha roligt, vilket jag hoppas att du haft nu.

Tack Håkan som låter mig få all den tid som jag tillbringar i mitt skrivrum, tur att du har din snickarbod. Tack till Lava förlag som tror på mitt skrivande. Och – tack mina skyddsänglar för den vita magin.

Ödmjukt: Mia Möller